爷孙三人行

©李鹊起　李祺璠　李祺琦　著

一位老教师的耕耘足迹和文学情怀
两个年轻人的童年花絮和青春梦想
那些走远了的旧时光　我们携手来追

暨南大学出版社
JINAN UNIVERSITY PRESS

中国·广州

图书在版编目（CIP）数据

爷孙三人行/李鹄起，李祺璠，李祺琦著．—广州：暨南大学出版社，2017.5（2017.9重印）
ISBN 978 - 7 - 5668 - 2075 - 4

Ⅰ.①爷… Ⅱ.①李…②李…③李… Ⅲ.①随笔—作品集—中国—当代 Ⅳ.①I267.1

中国版本图书馆 CIP 数据核字（2017）第 044936 号

爷孙三人行
YESUN SANRENXING
著　者：李鹄起　李祺璠　李祺琦

- -

出 版 人：徐义雄
策　　划：黄圣英
责任编辑：郑晓玲　黄　颖
责任校对：黄志波
责任印制：汤慧君　周一丹

出版发行：暨南大学出版社（510630）
电　　话：总编室（8620）85221601
　　　　　营销部（8620）85225284　85228291　85228292（邮购）
传　　真：（8620）85221583（办公室）　85223774（营销部）
网　　址：http：//www. jnupress. com　http：//press. jnu. edu. cn
排　　版：广州市天河星辰文化发展部照排中心
印　　刷：虎彩印艺股份有限公司
开　　本：787mm×1092mm　1/16
印　　张：15.5
字　　数：220 千
版　　次：2017 年 5 月第 1 版
印　　次：2017 年 9 月第 2 次
定　　价：39.80 元

序一　其乐融融一家人

当我接过《爷孙三人行》的书稿，李鹊起老师一家人的家庭文化气息扑面而来。此书为李鹊起老师与他孙子李祺璠和孙女李祺琦三人的文章合集。写作是一个养成的过程，没有谁天生就会写文章。我记得上中学时，第一次写作文百分制我只得了十分，最困难的问题就是不晓得写什么，肚子里没话说，更何况我们那时玩的花样还多着咧，怎么就写不出来了呢？身为人民教师的李鹊起老师对两个小孙孙起到了"诱导"的作用，才有了他们对文字的热爱和迷恋。孙子、孙女继承爷爷爱学习、勤思考的良好家风，小小年纪就写出那么多立意高远、角度新颖的文章，真是让人佩服。

此时是晚上十点，窗外正淅淅沥沥地下着春雨，雨水中还带着几分寒意，我蜷缩在被窝里细细品读着《爷孙三人行》，内含的温馨祥和立马就温暖了我的心。我的思绪定格在某个冬天的晚上：我、哥哥和我那永远也讲不完故事的奶奶，在火铺上围着那堆不怎么旺燃的柴火，聆听着老鼠在楼板上的行军和山风在板壁外的呼啸。此时，奶奶的灵感就来了：那年……故事永远都是这样开头的。

有什么样的家风就有什么样的家庭，有什么样的家庭就有什么样的子女。我从《一个最可怜的人》《寻找可怜的人》《洪水无情》等看到了孩子的活泼、可爱、善良。《给小孙子起名》《"则"重如山》体现了李老师渊博的知识，真不愧为怀化三中的语文特级教师，更体现出一个家庭的快乐和睦。《稚童名趣》《两顶乌纱帽》，孩子的童真实在可爱，李老师是快乐的，永远保持着一颗童心，真让人羡慕。

李祺璠和李祺琦的作品基本上是孩提时的，看起来还有些稚嫩，如《我登上了梵净山》《动物世界》《啊，淑女》《纸锅烧水》《日照捉蟹》《拜师》等，但这是他们快乐成长的表现，也体现出孩子们丰富的想象力。排在后面的《天骄梦》《马路上练车》《喜欢即精彩》《诗歌呼唤皓月》等已日渐成熟，从成文时间看，写在近一年内，进步不小啊，继承了爷爷善于作文的衣钵。

我从《铁树开花之谜》《一只孔雀的故事》《无声的列车》《冬云吟》《无心之美》中，看到了为师者对祖国、对时代的满腔热忱，对崇高的品德与情操的向往和追求。现在很多教师并不是很注意自己的道德情操，虽然有广博的知识，但是在个人品德上修炼得还不够，落在了队伍之后。

《厨房之乐》《眼睛朝下的美丽》《香居斋纪实》印证了李老师是一个乐观豁达之人。16世纪法国启蒙思想家蒙田说："伟大的人生艺术，就是尽量有快乐的思想。"英国哲学家培根也说："精神上的空缺没有一种是不可依靠相应的学问来弥补的。"这都告诉我们，乐观的人生态度能使生活更卓越、美好。如要让乐观伴随我们走过一生，就要及时调整自己的情绪，保持乐观的心境。对生活中的酸甜苦辣、悲欢离合不必太在意、太苛求，更不可怨天尤人。只要我们尽了力，便问心无愧、怡然自得了。当然，如果遇到困难或不幸，善用幽默、自嘲，相信身心得到舒缓的同时，痛苦也必将被驱走。

集子里还收录了三人的诗歌。诗歌是真情实感的表达，也是作者思想的真实写照。篇篇都奋发向上，充满豪迈激情，读来让人振奋。

"读书有感"主要是李老师写的评论文章，与其说是评论，还不如说是李老师作为一名老教师对年轻人的鼓励。我与李老师的相识源于文字。他看了我发表在《怀化日报》副刊上的文字后，给我写了一些意见，包括这个集子中收录的三篇，当然褒扬的话占了九成，说不足的占了一成甚至还不到一成。李老师的用心我是清楚的，当了一辈子的老师，知道育人最好的方法便是鞭策和鼓励。

　　"育人有方"主要是李老师对教学的研究。从理论到实践，再从实践到理论，这是一个飞跃，人生有了飞跃又何尝不是一件幸事呢？李老师做到了。足矣！

江月卫
（怀化市作家协会主席、中国作家协会会员）
2017 年 3 月

序二　此情犹系，毕生不息

竹杖芒鞋，诗意栖居，叙写着教育探索者的艰辛和幸福；雁过留声，雪泥鸿爪，印证着教育实践者的足迹与初心。

李鹊起先生1960年毕业于湖南师范大学，这位在基础教育战线耕耘了数十载的老教师、老校长，为官清正，治学严谨，淡泊名利，从容儒雅地用智慧诠释着他的教育情怀。

李鹊起先生长期在我们怀化三中工作，退休后仍情系教育，在他朴素平凡的外表下，有一颗坚定执着、乐观向上的心。他的灵魂深处，充溢着对责任的担当、对教育的执着和对生活的热爱。他自己办学有声有色，成绩斐然；他受聘担任学校教学督导，深入课堂，指导有方。这次，《爷孙三人行》的付梓，更让我聆听到一位身正德高的师者以对生活的满腔热忱所唱出的一曲曲欢快悠扬的歌。他一直坚持写作，为自己的心灵构建一座花园，里面花团锦簇、林木葱郁。他指引孙辈创作，为他们的成长之路开荒拓基、保驾护航。他"择善而固执"，用真诚之意，对"教育者"的内涵做了深刻的诠释。

这是一本三中人的书。三位作者都是地道的三中人：一位是工作于斯，退休于斯，居住于斯；另两位是出生于斯，成长于斯，学习于斯。里面的诗文，更是三中这条向前奔涌的大河所激起的朵朵浪花："铁树"与"孔雀"讲述了三中人的故事；"黄河"与"晨钟"抒发了三中人的豪情;"天梯"与"诀窍"展示了三中人的智慧……这本书无疑会给我们三中的育人文化增添新的篇章!

教育的真谛是理性的爱。"爱生如子"易,"爱子如生"难。作为一名父亲,我有切身体会,快节奏的现代生活致使我无暇顾及孩子的教育,在他成长的路上参与太少,虽有补救却感慨颇多。作为一名教育者,我也看到"隔代教育"的种种弊端,一味地溺爱和娇纵,只是满足了孩子物质生活上的需求,缺少精神道德上的引导,往往致使孩子在心理和精神的发展上出现偏异,行为上出现偏差。透过《爷孙三人行》,我看到李鹊起先生对生活热情洋溢的爱、对教育初心的执着、对孙辈的谆谆教诲。特别是他以理性的爱、以对孙辈的人生负责的态度,积极参与孙辈教育,让他们接受文化的熏陶,传承优秀的传统文化和美德,引导他们关注生活、热爱生活,踏实地走好每一步。这种种实践,正是解决当下教育矛盾的良方。回归理性,用心生活和教育,守住自己的精神领地,薪火相传,也会让自己的精神领域更广、生命尺度更高。

感慨于李鹊起先生诗意栖居的生活方式和理性的教育行为,我欣然为本书作序,一是因为书稿凝聚了他的心血、灵感和教育智慧,为三中的育人文化作出了贡献,值得品读;二是因为教育本身就需要赏识、激励和创新;三是因为"父母之爱子,则为之计深远",其爱和教育的方式值得我借鉴和思考;四是因为对于教育者而言,的确需要有这么一种情怀与追求。

此情犹系,毕生不息,孜孜不倦,花开春暖。

曾佑瑞
(湖南省省级示范高中、全国百强中学怀化三中校长)
2017 年 3 月 6 日于怀化

前言 在春风中携手往前

——写在《爷孙三人行》前面

孙子祺璠出生于 1996 年，比我小 59 岁，孙女祺琦出生于 2000 年，比我小 63 岁。爷孙的年龄差距这么大，是什么风把我们吹到了一条道上呢？又是谁牵着谁的手往前走呢？

最不怕与有多难

祺璠是我的大儿子东雷的孩子。1999 年下半年，也就是璠三岁多的时候，有一天，他的二爷爷，也就是我的大弟雁起问他："璠璠，在家里你最不怕的是哪一个？"璠这时正坐在客厅的沙发上看电视，听到提问，小眼睛忙转过来看着二爷爷，偏着小脑袋想了一下，便做了十分肯定的回答："我最不怕的是大爷爷！"说完后，他的两只小眼睛，笑成了两道弯弯的月亮；他的两只小手，在两边的沙发上齐拍了好几下，就像小鸟听到了什么好事，不断地扇动两边的翅膀一样。大概璠这时的心情特别好。大爷爷就是我，在怀化称爷爷为大爷爷，称奶奶为小爷爷。璠此话一出，便被大家当作经典记住了，至今不忘。不过三岁多的孩子不怕爷爷，是好事还是坏事，大家的看法可不完全一样。

2009 年上半年我买了一台电脑。可我对电脑是扁担吹火——一窍不通，便去向祺琦请教。这时琦九岁，正在读小学三年级，电脑水平很不一般。有一次我去问她一个问题，这个问题我已经问过两次了，前两次她还算耐心，可这次我看见她眉头皱紧了。她给我讲完后，便对她身后的父亲——我的小儿子春雷说："你看，教一个老人家有多难啊！"她爸爸听了后，认为她对爷爷不礼貌，批评了她，并提出了反问："难道教你们这些小孩就不难？"我知道琦说的是实话，因此对她带有奚落性的感叹，并未放在心上，只怪自己的记忆力越来越差，常常是听了下句又忘了上句。

三岁的孩子不怕爷爷，九岁的孩子敢于指出爷爷的不足，这说明了什么呢？这说明在这个家庭里老幼是平等的，没有代沟。是民主的春风将我们吹到了一起，让我们和谐相处，亲密无间。

不打的与用口讲

孩子不怕大人，不完全听大人的话，以后能调教好吗？有的人不免有些担心。其实这种担心是多余的。教育孩子不能以势压人，而要以理服人。璠说不怕大爷爷的那个时段，正在上幼儿园。我因为已经退休，接送的任务便落到了我身上。从我的住地到幼儿园大概有三公里。走着走着，璠就说累了，要打的回家。我没有打的的习惯，平常要坐车也只坐公交车，但这条路上没有公交车。我便对璠说："打的太贵了，打一趟要五块钱。这样吧，爷爷背你走一段路，背累了你就下来走，走累了我再背。"他答应了。将璠背到背上后，我便对璠说："你想挣钱吗？"璠说："想挣，但挣不到。"我说："你现在走路便可以挣到钱。走五分之一的路便可以挣到一块钱，为大爷爷减少一块钱的开支。如果你走得多一些，给大爷爷省的钱就更多一些。"我的话他记在心里了，每次背一会儿后他都是主动要求下来走，几次合起来一般能走完路程的一半。慢慢地，他走的路就多起来了。几个月后他便能走完全程不再要我背。更可贵的是，以后读小学、中学的12年，他都是坚持走路上学，时间实在不够了也只坐公交车。他是铁杆的不打的派。他现在读大三了，仍然是一样的节省。回想起来，如果当时他提出打的，我把他大骂一顿，说他偷懒，可能就不会有这样的效果。

　　我是一名语文教师，很注意对孩子表达能力的培养。2003 年国庆期间，我们全家人去爬了一趟梵净山。当时璠才七岁多，可是在爬山中所表现出的耐力，却远远超过了一些大人，得到了好多人的夸奖。我便有意识地引导他将此次登山的事写成一篇作文。但他当时才读小学二年级，掌握的字词句还很有限，同时也没有构思文章的经验，一开始就拿起笔来写是很难成功的。我便先不提写作文的事，而要他讲出登山的经过和体会。璠每讲一次我便给他讲评一次，指出他的优点和缺点，并提出一些改进的办法。反复讲后，终于形成了一篇文章的框架，特别是将孙悟空引到了文章里，既表现了孩子不怕困难的精神，也增加了文章的趣味性。这篇文章后来在《怀化广播电视》上刊登了出来。这是璠发表的第一篇文章。此后璠对写作便慢慢地感兴趣了。

　　2007 年 10 月，琦与父母一起到沅陵为外公立碑。当时琦七岁，也在读小学二年级，我同样采用让她口述的方法，也"磨"出了一篇文章，叫"为外公立碑"，发表在《怀化广播电视》上，这也是琦发表的第一篇文章。

　　口述法不仅在孩子文字水平低的时候可用，待孩子语言组织能力提高了同样可用。它能提高孩子的表达能力和读者意识。写文章的实质就是跟读者对话。凡是我要孩子写的作文，一般都要孩子先用口讲一遍。

想象奇与立意新

　　想象是文章的翅膀。有了丰富的想象力，文章才会出彩。我很注意孩子想象力的培养，经常让他们看童话、写童话，展开想象的翅膀。琦的《拜师》《害人终害己》《鼠国奇游》都表现出了很强的想象力。《鼠国奇游》是为了一次考试而写的。试卷提供的材料是一只大老鼠在窗外瞪着眼睛。琦就是根据这样一条简单的线索而想象出了一个奇特的老鼠世界，并借此鞭挞了浪费粮食的行为，能在有限的时间内将想象与实际相结合实属难能可贵。璠的《拒绝诱惑》写一片叶子从天堂到地狱的旅行经历，既有趣又让人震撼。

　　立意是作者在文章中所要表达的核心观点。立意好不好、新不新，决定着文章的水平和价值。我在与孩子们谈论作文时，常常谈到立意，因此他们立意的意识与水平得到不断的提高。有一次，璠跟着我们回了一趟位于隆回山区的老家。车从怀化出发，首先经过一条长长的隧道。从外面看隧道口，阴森森的，就像阴曹地府一般。后来车又开上一座大山，到山顶往下一看，房屋就像船一样漂浮在云海上，人就像到了天庭一般。回到老家后，璠得知这里的百姓在新中国成立前生活很苦，受尽了欺凌，而现在住得好、吃得好，生活很美满，于是璠以"从地狱到天堂"为题，概括这一天的经历和感受，从而歌颂了共产党带领人民走向幸福生活的伟大功绩。这篇文章因立意好，在《怀化日报》副刊上发表时，被排在了显著位置。琦的《奶奶的书包》，通过对奶奶的一些往事的记述，表现了勤俭持家的家风不可丢，其立意也是很不错的。

无心美与三人行

　　要知梨子的味道你就得亲口尝一尝。我在教学生作文时，一道作文题出来，在给学生讲解之前，自己总要先写一遍，这样的作文叫下水作文。除了下水作文外，我还利用业余时间写些诗文，在省内外报刊上发表的也不少。但我一直没有想到要将它们编成一本书。

　　2014 年 9 月，我的母校隆回二中给我来函，要我参加 90 周年校庆。给阔别 60 余年的"母亲"带件什么礼物去呢？思来想去，我觉得复印些我的诗文带去，可能是一种较好的选择。于是我从已发表的诗文中选了 35 篇进行复印，装订成册，取名"无心之美"。

　　《无心之美》的校庆版出来后，一些亲友看到非常喜欢，主动向我索要。于是我在过 80 岁生日时又复印了一些。这次复印时加进了璠和琦的文章，因为有些亲友跟我说，他们的儿子或孙子很喜欢看他们俩发表在报刊上的文章。这就是《无心之美》的生日版。生日版比校庆版多了22篇诗文，其中璠9篇、琦8篇、我5篇。

2016年8月上旬，侄女李洁来到我家。她是复旦大学传播学博士、暨南大学新闻与传播学院副教授。因为过几天她就要去美国做访问学者，所以特地来看我。我就将生日版的《无心之美》给了她一本。她看了后，觉得里面的文章不错，建议我出版。我说我退下来近20年了，对出版界的情况不熟悉。她说帮我联系。

2016年10月，经李洁的介绍，我与暨南大学出版社的编辑联系上了，这时该书才正式进入出版流程。我决定以生日版的《无心之美》为基础，以"爷孙三人行"为书名，按照"童心有趣""人间有情""祖国有景""民族有魂""人生有悟""读书有感""育人有方"七个板块，对我们爷孙三人的文章进行筛选，共选出了71篇诗文。就这样，我们的文章终于能以正式出版物的形式与读者见面了。

这是一本雅俗共赏、老少皆宜的小书。71篇中璠与琦的文章共24篇，我的文章47篇。在我的文章中，除9篇文学评论和7篇育人心得外，其余的都是诗歌、散文。这本书记录了一位老教师的耕耘足迹和文学情怀，摄下了两个年轻人的童年花絮和青春梦想。它融文学与教育于一体，集朴素与高雅于一堂。它穿越各个年龄段，小学生、中学生能从中得到共鸣，中年人、老年人也能从中看到自己的身影。

以上是《爷孙三人行》的前世与今生。说到我们三人中谁牵谁的手，在使用电脑与手机方面，绝对是璠和琦牵着我的手往前走，而在写作方面，却是我牵着他们的手往前走。不过现在情况又有了变化，他们的写作已慢慢成熟，我们是互相牵手，并肩而行。

李鹊起

2017年2月17日于怀化

CONTENTS

目录

童心有趣

给小孙子起名

❖李鹊起❖

小孙子出生后，起名的任务便落在我这个当教师的爷爷身上了。没想到这次起名却颇费了一番周折。

作为一名教师，接触学生的名字可谓多矣，但对起名这个"业务"却还是不太熟悉。平生至今，作古正经地起名，只有两次，那就是给两个儿子起名。这次给小孙子起名算是第三遭了。怎么起呢？一时犯了难。

殷商时期崇尚以出生的时间命名。商代的帝王几乎都用天干命名，什么中壬呀，太甲呀。那么就继承殷商的遗风，从小孙子出生的时间去找个名字吧，小孙子出生于午时，就叫"午元"。"元"者，开始之意也。但"午元"的意义似乎过于浅薄，那么就叫"武元"吧，武状元，男子汉就要有武功。我把这个名字告诉了家人，孩子的父母不置可否，但孩子的奶奶表示反对："五元？太便宜了嘛，难道我们的宝贝孙子就只值五元？"这一说真使我啼笑皆非。没想到这一堂堂正正的名字却产生了这样的"负效益"，于是只好割爱了。

继承"殷商之遗风"不成，那么就从春秋时期的起名之法去学点东西吧。春秋时期喜欢用孩子出生的特殊标记起名，如鲁公子友出生时手里的纹路像"友"字，于是名"友"。我努力寻找小孙子出生时的特殊标记。小孙子出生后几分钟，当高个子产科医生抱着给等候在产房外面的我们看时，只见额上有皱纹，那么就叫李纵吧，"纵"既是"皱"的谐音字，又有纵横驰骋之意，有男子汉气概。

但是一女士告诉我，女婴出生时脸如桃花，皮肤光滑红润，很是好看；男婴出生时脸上皱巴巴，像小老头，是比较难看的：这是常见的情况。既是一般男婴都有此状，那就不是特殊标记，此名只好作罢。小孙子出生后几天，往往只睁开左眼，右眼则不睁，或者只微微睁开一条缝。他叔叔取笑他睁一只眼，闭一只眼，没有原则性，是个和事佬。好吧，就以此状为名，叫李小和吧。但他奶奶反对，说："不讲原则性怎么行呢？"于是此名又只好舍弃。

我的思想又转到了唐宋。唐宋以来文人喜欢以郡望自标或相互称谓，如柳宗元称柳河东，王安石称王临川。小孙子生在怀化，祖籍在隆回，就叫李怀龙吧。怀揣龙的志向、龙的气魄，此名实在不俗。可是孩子的母亲反对用这个名字。她说肚里怀条龙，可是个怪胎，让人难受、害怕。孩子的奶奶也反对，于是这个名字又夭折了。

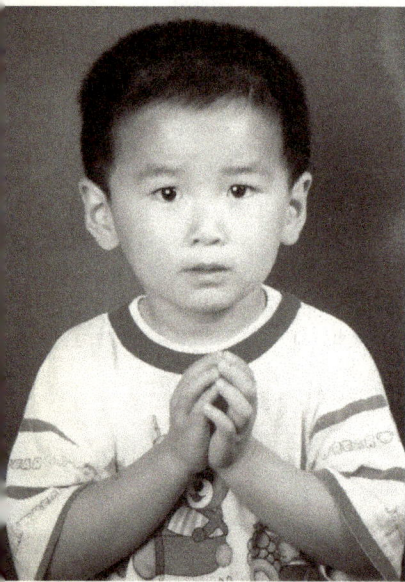

走古代的路不通，于是我转向现代，现代人有起父母的姓为名的，如姓张的男士与姓王的女士结合，生下来的孩子就叫张王。这种取名方法确实简捷，而且旗帜鲜明地表明了孩子是父母的共同产物。但是姓张的与姓王的结合成伉俪，恐怕要以千万计，按此种起法，这些人所生的孩子将是同一个名字。这样呼一人而千万人应，对社会恐怕只会带来混乱了。这种起法，我决定不采用。也有人在父母姓后再加一个起自父或母名中的字，这样雷同的可能性就大大减少了。我决定一试。思来想去，按此种方案，小孙子应叫李流源。其他的结合和换同字音，似乎都比不上此名。但是流动的源头，实与客观实际相悖。这可是一种语病。语病进入名字，当然是不行的。《东方红》的作者就叫李有源，可不叫李流源。于是这一探索也就到此为止了。

孩子的奶奶提出起单名。单名易叫易写，为很多人所喜爱。现在的学生大概有百分之五十的人起单名。看来起单名，在当今已成了一种时代潮流，但在时代潮流面前我应保持冷静。单名的最大弊病就是容易同名。我去听国家电教馆馆长李鹏作报告，起初，还以为这馆长是李鹏总理兼任的，很想一睹总理风采。馆长到了台上才知是另一人，甚感遗憾。我教的学生中叫刘娟的就不下五人，有考取北大的刘娟，有考取长沙铁院的刘娟，还有……大学录取通知书来了，却不知是哪个刘娟的。基于以上的原因，我谢绝了他奶奶起单名的要求。

　　向现代人求援不成，于是我又折回古代。商代很看重出生的年月日，而且到了唐代更是把出生的时间神秘化，将其作为八字来推断人未来的命运。出生的时间既然如此重要，我何不在出生的时间上做做文章来寻找孙子的名字呢？小孙子是 18 日上午 11 点生下来的。出生的年份是 1996 年，带 6，六六大顺；出生的月份是鲜花如云的 5 月，出生的时辰是午时，正是很有阳刚之气的时候。这一切我将它概括成一个字，叫"祺"。"祺"者，吉祥也。找到一个字就好办了，于是我再着手找第二个字。春秋时期流行以肖像起名，如孔子，相传因脑袋像山丘，所以叫孔丘。而我这个小孙子方头大耳人见人爱，真可谓集中了我们一家人长相上的优点而弃其不足。根据他的长相，我提炼出了一个字"璠"。"璠"者，美玉也。于是名字出来了：李祺璠。我把思考的结果向家人通报，孩子的父母、叔叔均表示赞成，只有奶奶提出了怀疑，问"璠"的意思是美玉还是宝玉，是宝玉可就不能取，因《红楼梦》中的宝玉最后是当和尚去了的。当查字典证明是美玉后，她才投了赞成票。于是这个名字便定了下来。

　　给孙子起好名后，我想起了给儿子起名的往事。大儿子生于1968年，起名东雷，小儿子生于1970年，取名春雷。两个儿子生在"四海翻腾云水怒，五洲震荡风雷激"的"文化大革命"的高峰时期，所以给两个儿子起名一念而定音，再没有其他的考虑。而现在呢，改革开放，国家繁荣富强，人民安居乐业。我又评上了特级教师，工资较儿子出生时已增加了十多倍，住房是三室两厅，并有了彩电、冰箱和电话，日子过得真是舒心极了。舒心之余怎能不给孙子起一个好名呢？总之，儿子的名是动乱苦难的年代结出的两枚酸果，而孙子的名则是吉祥美好的时代开出的一朵鲜花。

　　小孩的名字绝不是小孩心态的反映，而是大人心态的反映。而大人的心态又是受时代影响的，所以小孩的名字是时代的产物。就拿我的名字来说吧，是由我曾在长沙明德中学读过高中的祖父起的。当时日本已侵占了我国东北，正在侵占华北，祖国正遭受侵略者的铁蹄蹂躏，人们多么希望祖国富强兴旺啊，"鹊起"两字就是兴旺的意思。我们祖孙三代的名字可以说反映了抗日战争、"文化大革命"、改革开放三个不同时代的历史特点。

　　小孙子的名字定下来后，便登进了户口簿，看来是平安无事了。但后来给祺璠去办保险和存款时，却发现电脑字库中没有这个"璠"字。而现在的社会，名字是一定要存进电脑的。我当初怎么就没想到这一点呢？

（原载《雪峰》1997年第75期）

稚童名趣

❀李鹊起❀

　　世间万事万物皆有其名。没有名，人们便无法称呼它。其实，世间的事物本来是没有名的，它们的名都是人们取的。谈到取名，人们就会想到那是大学问家的事。应该承认，大学问家在规范事物的名称方面是有重要贡献的，但把取名看成他们的专利，那就错了。每个人都是取名队伍中的一员。值得一提的是，那咿呀学语的小孩也是这取名队伍中的一个重要方面军。小孩来到这世界上，一切都是新的。当那陌生的人、事、物出现在他们面前时，他们必须以名称之。他们取名的任务比大人大得多。由于他们的知识、能力十分有限，所取之名难免有不尽如人意之处，但每个名字都是他们稚嫩思维的记录，都是一篇令人赏心悦目的童话，都能给人以忍俊不禁的乐趣。这点我在与小孙子的接触中深有体会。

　　孙子祺璠一岁时，还不会走路，也不太会说话，但已会叫爸爸妈妈，我便教他喊爷爷。按我们住地怀化的习惯，喊祖父为大爷爷，喊祖母为小爷爷。这时璠还不能连续发两个不同的音，一些发音难度较大的字，如爷、奶、姨等，根本发不出来。要他把"大爷爷"三个字的音连续发出来实在是件难事。可他还是有办法，来了个留头去尾，把"大"字留下，把"爷爷"两字去掉，再把"大"字重复一次。于是我这个爷爷变成了"大大"。在我国有些地区，孙子称祖父为"大大"，我觉得不好理解。听了璠这一新鲜称呼后，我似乎有茅塞顿开之感，大概也是由于小孙子的发音能力有限而叫出来的吧。慢慢地，璠终于能连续发两个不同的字音了。有了这一能耐后，他立刻让它发挥作用。生我的气时便在"大大"前面加一个"臭"字。社会上崇尚苗条,忌讳肥胖,这些璠似乎心有所感,生气时又把"肥"字加了进去,于是我的名字便变成了"臭肥大大"。有段时间,他晚上和我睡,我怕他尿床,半夜里在他睡得迷迷糊糊时把他抱起来撬尿,这时他最烦了,又哭又骂,"臭肥大大"的桂冠就像雨点一样向我砸来。不过我还得感谢小孙子嘴上留情,虽然又臭又肥,可老大的宝座还是坐稳了。不合算的是小爷爷,"臭肥小小"哪一项都排不上号。最惨的还是他的保姆。保姆是他母亲的堂妹,他应该喊阿姨,可"姨"字发不出来,就变成了"阿",生气时就骂"臭肥阿"。怀化当地管鸭子叫"阿",这一下阿姨便成了一只又臭又肥的鸭子。

璠一岁半时,已会走路,也基本上学会了说话。冬天的一个下午,我家的地板砖用湿拖把拖了没多久,地面较湿,容易打滑。我在客厅里仰天重重地摔了一跤,落地时因手突然用劲,肌肉猛然胀大,一条较好的表带被崩断,屁股被撞痛,脑袋被震晕,仰卧在地上,较长时间动弹不得。璠在沙发上,坐观了这惊心动魄的一幕。这时他奶奶进客厅来了,他立刻用清脆的童音向奶奶报告:"大爷爷滑冰冰,在地上睡觉觉。""摔跤"一词他不会,滑冰他在电视里见过,于是将它搬了过来。把摔跤分解成滑冰、睡觉两个动作,这可是璠的发明创造。我躺在地上疼痛难忍,可听了他这番轻松的描述后,疼痛似乎也有所减轻。他奶奶见我躺在地上一动也不动,忙走过来用手扶我,口里焦急地喊道:"老李,老李,你怎么了?"璠听到"老李"两字,觉得新鲜,立刻把"大爷爷"三字换成"老李",也跟着他奶奶喊起来:"老李,老李,你怎么了?"这可把他奶奶和我逗乐了。

吃晚饭时，他母亲给他喂饭，他一再要母亲给他的菜加盐。儿命难违，他母亲只好一次又一次地到厨房里加盐。可是菜已经够咸了，再加就不能吃了，他却还要加。他母亲只好问他到底要加多少盐，这时璠牵着他母亲的手走到他房里的一罐白砂糖前，指着要他母亲加。他母亲这才明白，他要加的盐，原来是白砂糖。但仔细一想，白砂糖和盐的颜色与形状是大致相同的，他这样称呼也不是一点道理都没有啊！

璠两岁半时，已能看懂一些较复杂的电视节目了。一个周末的晚上，我们一家静静地坐在电视机前看相声。其中一个胖乎乎、剃着光头的演员，一开头便说相声来源于生活。接着他便表演了警车、消防车、救护车三种车的叫声，声音非常相似，但大家仔细一听立刻发现警车的叫声是"抓住抓住抓住——"消防车的叫声是"毁了毁了毁了——"救护车的叫声是"完了完了完了——"大家觉得很有意思，看得很投入。相声很快演完了，荧光屏上出现了另外的节目。这时坐在奶奶怀里看电视的璠突然喊了起来："我要'抓住'！"原来他看这个相声也看得入迷了，还要继续看。但这个节目又怎么抓得住呢？节目已经放完了又怎么能返回呢？大家把所有的频道都调给他看，证明已无此节目，可是他不管，又是哭，又是喊，一定要看"抓住"。就这样折腾了好一会儿他才安静下来继续看电视。荧光屏上出现了结婚的场面，新娘子顶着红头巾，坐着花轿，唢呐手吹着唢呐，放鞭炮的放着鞭炮。这样热闹的场面，璠看着来了劲，跑到阳台上推出了他的小童车，并找到他奶奶的一块头巾拿在手上，大有电视上送新娘子出嫁的气势。可是他的屁股不争气，一连放了好几个屁。奶奶问他怎么了，他先是一愣，似有尴尬之感，但很快便眼睛笑成两道弯弯的月亮，说："放鞭炮。"没走几步他又放了一个屁，奶奶又问他怎么了，这回他不慌不忙，仍然是笑着说："放大炮。"他把车推到客厅中央停下来，可不久又放了一个屁。这时他奶奶又问他怎么了，他似有得意之感，眼睛仍笑成两道弯弯的月亮，放开嗓门，拉长声调喊道："放冲——天——炮！"喊完他把车拉到坐在矮凳上的阿姨旁边，把头巾盖到阿姨头上，调皮地笑着说："阿姨嘟嘟哇!"原来一路的"炮火"放来是为了送阿姨出嫁。阿姨是个十五六岁的女孩子,还羞于谈婚论嫁,听了他这突如其来的一句,脸立刻红了起来。从此以后,在璠的话中"抓住"便成了警车的代名词,成了那个表演三种叫声的节目的代名词,成了相声这种艺术形式的代名词。真可谓一箭三雕啊!"嘟嘟哇"也就成了结婚的代名词,不管是爷爷奶奶、爸爸妈妈、叔叔婶婶、兄弟姐妹,也就是说,不管大人小孩、男人女人,他都可以"嘟嘟哇"赠之。而鞭炮、大炮、冲天炮又似乎增加了新的含义。

回顾璠取名的种种趣事,不免捧腹。捧腹之余,不难发现,璠取名的水平是不断提高的,可说是一岁一个台阶。如果说一岁多时他取的名尚有偷工减料、添枝加叶、移花接木、张冠李戴的机械和笨拙的话,那么两岁时他取的名则显示出了大胆借代和幽默取喻的灵巧与机智。这大概要归功于他不怕取笑、勇于实践的精神了。他是在笑声中不断地调整自己的称呼的。到三岁多的时候,他的称呼就要准确多了,不再称爷爷为"大大"或"老李"了。勇于实践大概也是人类不断进步的原因之一。

(原载《新作家》2004 年 3 月)

两顶乌纱帽

李鹊起

"我有两顶乌纱帽!"小孙子祺璠用稚嫩的童音对我说。他偏着小脑袋,眼睛笑成了两道弯弯的月亮,透露出几分得意和骄傲。

我心中犯嘀咕了:孙子进迎丰路小学读一年级还不到一个月,年纪才六岁多点,能有什么乌纱帽呢?一问才知道,原来他被班主任刘鹰老师看中,当上了语文小组长和电脑小组长。啊!原来是管七八个小萝卜头的官儿。

小孙子在班上无论是个子还是年龄都是偏小的,自己都管不住,还能管好手下的"兵"吗?我担心刘老师用人不当,误了大事。没想到后来他的一些表现,让我认识到自己的担心是多余的。

有一天,璠把我和他奶奶喊到跟前,要我们坐好,说是要举行抢答赛。第一道题目是:"土堆上有两个人是什么字?"他奶奶抢先一步,说是"坐"字。他立刻宣布:"对了,记10分。"第二道题目是:"失败是成功的什么?"我和他奶奶都懵了,一下答不上来。他数了五下后,说时间到了,宣布了正确答案:"失败是成功的母亲。"我们恍然大悟。问他是怎么知道的,他说是刘老师上语文课教的。他一连从语文书上出了十多道题,接着又从电脑书上出了十多道题,考得我们人仰马翻。当我们答错了或者答不上来时,便受到他的批评:"这么大的人了,连这个问题都不知道。"这场突如其来的抢答赛让我们感到他已在摸索如何管理和指挥他手下的几个"兵"了。也许他正准备在他的组里开展这样的抢答赛,找我们预演一番;也许他在组里已经开展了这样的活动,回到家里意犹未尽,又把我们找来,发挥他的余威。

　　小孙子是只瞌睡虫，一睡下去就不肯起来。一天早上，他睡到7：50才起床，解了手洗了脸后，已是7：55，离上早读只差5分钟了。我们要他抓紧时间吃了饭才去上学，他哭了起来，死活不肯，说迟到了乌纱帽就保不了了，背着书包便冲往学校去。那时天下着小雨，他连伞都不拿。后来，为了让他按时起床，我们给他安了闹钟，起床的时间一到，闹钟便奏出一段悦耳的音乐。小孙子也变得自觉起来，音乐一响，他便合着音乐的调子唱起自己编的歌来："李祺璠，李祺璠，快起床，快起床，还不起床就要迟到了，还不起床就要迟到了。"边唱边穿衣，一跃就下了床。中午怕迟到，他常常睡不好，睡一下就爬起来看钟，生怕闹钟失灵，常常不等闹钟响便去了学校。他可不想把乌纱帽弄丢了！

　　有一天，我在卫生间洗衣服。璠跑了过来，蹲在脚盆边，硬要帮我洗。与其说他是洗衣服还不如说是玩水，水溅得老高，不一会

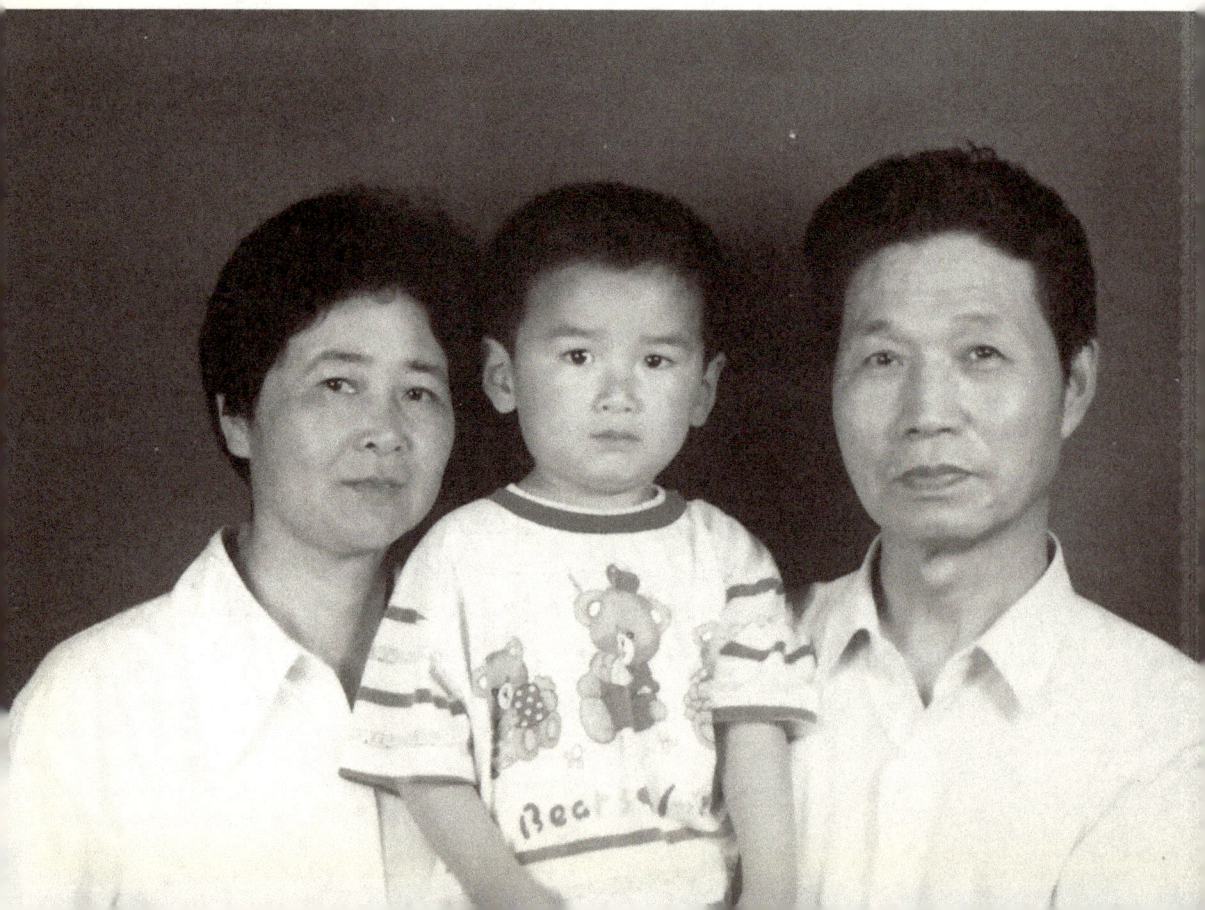

儿就把他和我的衣服溅湿了。这实在是帮倒忙，而他却是兴致盎然。第二天早上，他拿着一个本子要我签字。我说："签什么呀？""就写李祺璠能干。""能干什么呀？""我昨天不是帮你洗了衣服吗？"我没话说了，只好给他签上。啊，他洗衣服原来是洗给刘老师看的，大概也是为了乌纱帽吧。

看来，刘老师这两顶乌纱帽，可真把璠给管住了。乌纱帽让璠的生活像春天一样有生气。

乌纱帽，在大人的世界里，可能会做出别样的文章来，可在儿童的眼里，却纯乎是一种责任、一种约束，它是多么的神圣和庄严啊！

（原载《新作家》2005 年 11 月）

我登上了梵净山

❖李祺璠❖

　　2003 年国庆节那天，我们一家和金通学校的老师去登梵净山。梵净山在贵州省的江口县，从山脚到山顶有八千多个台阶，比我们湖南的张家界高多了。去之前爷爷奶奶一再不让我去，说我太小，爬不上去的。但我不这样看。我从读学前班起就开始爬中坡山，爬了一次又一次，都不要大人背。我是一个《西游记》迷，孙悟空那样一只小小的黄毛猴子都能爬上那么多高山，去西天取经，我这七岁的男子汉难道就爬不上这小小的梵净山吗？再说这么好的旅游机会我能放弃吗？

　　车子从怀化出发，经过新晃、铜仁，到梵净山山脚时已是下午四点了。当地的叔叔告诉我们今天爬不到山顶了，但我们还是坚持往上爬。爬了七百个台阶后，我感到有些累了，于是坐下来歇气。大人们的担心不是没有根据的，大概十个中坡山也没有这梵净山高。不过大人们也并不比我轻松啊，他们已落在我的后面了。想到这里，我的劲儿又来了，于是继续往上爬。

　　台阶又陡又高，就像一条梯子架在山坡上。每登一步身上就要发一阵热，出一身汗。走不了多久，人便像着了火似的，热得不行，衣服也湿透了。那孙悟空的火焰山，我原以为是喷火的山，原来却是让人身体发热的山。我算是领受了火焰山的滋味了。不过这倒不要铁扇公主的芭蕉扇。在路旁的亭子里或者石头上休息一会儿，习习凉风吹来，身上的火气立刻消失，一会儿就凉爽起来。

　　路两旁的原始森林遮天蔽日。有的树已干枯死亡。可是死而不倒，树上长满了白色的蘑菇，像开着一朵朵白花。有的树倒卧在路上，像一条大蟒蛇，但它倒而不死，另一头又长出了蓬勃的枝叶。梵净山是世界有名的自然保护区，有金丝猴等珍稀动物，我没看到金丝猴，却看到了一只美丽的野鸡，麻黑麻黑的，它向我点了点头，然后便钻进草丛中去了。

　　走着走着天便黑了下来。慢慢地就看不清楚路了，要摸索着往上走。这时，爷爷、奶奶、叔叔、阿姨已被我远远地甩到了后面。只有妈妈怕我出事，紧紧地跟在我后面。天越来越黑了，我不禁有些害怕起来，要是那白骨精、蟒蛇精来了，该怎么办呢？好在一路平安，妖魔鬼怪一个也没有出现。七点多钟，我与妈妈到达了金顶下的镇国寺。大约过了半个小时，爷爷、奶奶、叔叔、阿姨才慢慢地到达。他们一个个都走得腰酸腿疼脚起泡了，而我休息了一下后，已是一身轻松。晚上我们就住在镇国寺。

　　第二天我起了个大早。四处闲逛时，发现金顶就像一根柱子立在镇国寺的左后方。不久飘来一阵云雾，把下面的山峰都淹没了。我们站在云海之上，就像在天庭里一般。金顶就像一根定海神针，插在云海之中，那可是孙悟空的金箍棒哟。

　　我问爷爷："梵净山是什么意思？"爷爷说："梵净山就是佛家修炼净化的山。"啊！原来这里是佛祖住的地方，怪不得孙悟空把金箍棒插到了这里，怪不得妖魔鬼怪一个也不敢出来了。

　　下山的路上，当看到一个个比我年纪大得多的哥哥、姐姐、叔叔、阿姨都坐着滑竿，要人抬着上山时，金通的梁叔叔赞叹说："真没想到小小的李祺璠，爬山比我们大人都厉害啊！"这时我的心里就像喝了蜜一样甜！为什么我能夺得爬山冠军？因为我有个小秘密，就是我特别喜欢体育运动，游泳、跑步、打乒乓球、转呼啦圈，样样我都爱。

　　［原载《怀化广播电视》，2004 年 2 月 9 日，写于就读怀化市迎丰路小学二（7）班时］

动物世界

❦李祺璠❦

　　电视上有个《动物世界》，什么斑马呀，鸵鸟呀，袋鼠呀，章鱼呀……怪有趣的。可不知怎的，我们家也一下子变成了动物世界。这全是我那四岁的小妹妹祺琦捣的鬼。祺琦是我叔叔的宝贝女儿，是个十足的调皮蛋。

　　电话铃响了，祺琦自告奋勇去接。接着便听她喊道："肥仔，甜妞找你！"这肥仔、甜妞是谁呢？一问奶奶才知道。原来肥仔是叔叔，甜妞是爷爷。可我知道，这两个名字都是《蓝猫淘气三千问》中的角色：肥仔是一只小老鼠，甜妞则是一只小猪。你看我们家的两个栋梁级的人物，一下便变成两只动物了。叔叔身高一米七几，体重八十多公斤，本是一个彪形大汉，现在却变成了一只可怜巴巴的小老鼠。爷爷本是一个满腹经纶的老师，现在却变成了一只傻乎乎的小猪。你说惨不惨。

　　原来妹妹是个蓝猫迷。有关蓝猫的电视节目与书，她一看就着迷。她的心中只有蓝猫一个世界，于是便把蓝猫中的名字随心所欲地安到家里人的头上，也不管是男是女，是老是少，全都瞎取一顿。她给她妈取名叫咖喱。而她自己也不谦虚，就叫淘气。她也真

淘气：一下学母鸡叫，咯咯哒、咯咯哒；一下又弯腰驼背学老婆婆走路；一下又在墙壁上乱涂乱画……她大概特别喜欢老鼠，给自己和父母取的名都是老鼠的名字。她外婆是从小带她的，可能有点唠叨，她就叫外婆为鸡大婶。我不知哪里得罪了她，就叫我为菲菲。菲菲是一只狐狸。我是一个从不撒谎的良民，可她却说我是一只狡猾的狐狸，你说冤不冤枉。我是个男孩，菲菲却是个女孩名，你说别扭不别扭。

妹妹最敬畏的人是奶奶，因此给奶奶取的名字都比我们的高一等，叫猫大哥。这猫大哥不仅能管住她，而且能管住她爸肥仔。只要她对肥仔有什么不满，就要猫大哥去教训肥仔，给她出气。

在妹妹的嘴里，没有爸爸妈妈、爷爷奶奶，也没有哥哥，全都被肥仔、咖喱、甜妞、猫大哥、菲菲这些动物名字代替了。我们家可真成了一个动物世界。

[原载《怀化广播电视》，2006 年 3 月 6 日，写于就读怀化市迎丰路小学四（7）班时]

啊，淑女

❧ 李祺琦 ❧

本小姐姓李名祺琦，芳龄八岁，现读小学三年级。

我生肖属龙，可生性却像虎。上课回答问题，我敞开嗓门，如空谷虎鸣，惊得左邻右座，双目圆睁。下课铃一响，我如猛虎下山，扑向操场。摸爬滚打，十八般武艺我样样都行。不一会儿便泥土满身，一身校服，布满虎纹。玩游戏时，我是老鹰，追得小鸡们无处藏身。与男孩子玩耍是我的本性，假小子是我的美名。

虽然在学校里，在同学面前，我是一只令人生畏的小母老虎，可在家里，在老妈面前，我却是一只可怜巴巴的纸老虎。一天，我在家中练习"仰天虎啸"，冷不防，身后一声"河东狮吼"。据我八年锻炼的耳朵鉴定，是老妈来了。她一来就开始了她的"狮吼训练"，我立刻变成了一只小绵羊。这不，她又喊："那么不淑女，小心以后嫁不出去。"我才八岁，现在就说这个也未必太早了吧，只是性格得改改。

我是一个书迷，一看书就很着迷。我有很多的书，于是就从书海中找出一本本有关淑女的书，研究起来。可里面有些话让我很反感，什么"女子无才便是德"，真是胡说八道。那么我大箱小箱的书

岂不是白读了？不过里面的"笑不露齿"等说法倒是蛮有趣的，不妨试试。于是我对着镜子练习起来，我故作斯文，手指翘成兰花状，向身后的老妈回眸一笑。老妈大喜，以为我的淑女功修成正果了。

不一会儿，老爸从外面进来，我虎性大发，来了个猛虎扑羊，趁他蹲下脱鞋的工夫，一下便扑到他背上，接着便骑在他肩上了。好端端的一个淑女，一下子又变成一只老虎了，气得老妈干瞪眼。

啊，淑女，你像天上的月亮，我看得见却抓不到。

[原载《新7天》，2009年3月30日，写于就读怀化市迎丰路小学三（9）班时]

纸锅烧水

李祺璠

　　还是在读五年级的时候，老师给我们布置了一个家庭实验：要我们回家后做一只纸锅来烧开水。

　　纸见火就燃，见水就烂，能用它来烧水吗？我心里直嘀咕。但是师命难违，回到家里我还是动手做起这个实验来。我找来一张挂历纸，折了个方形的平底锅，纸头的连接处用订书机订牢。将它放在一个铁丝做的架子上，再往里面倒了半杯水，然后用两只蜡烛在下面烧。当倒了水，点燃蜡烛时，我心里好紧张，生怕纸被烧着了，也怕水把纸泡烂了。但担心的事并没有发生，纸锅并没有被火烧着，也没有被水泡烂。蜡烛的火焰在纸锅下面静静地烧着，慢慢地，锅里的水冒出了热气。又过了一段时间，奇迹终于出现了——水被烧开了。

　　为什么会出现这样的奇迹呢？带着这个问题，我去问爷爷。爷爷说："道理很简单，因为纸锅里装着水，纸的温度便始终达不到燃烧所需要的温度，所以燃不起来。同

时因为纸锅下面有火在烧，纸保持一定的干燥度，因此纸锅里的水无法将它泡烂。""原来如此。"听了爷爷的话，我恍然大悟。这事告诉我，只要懂得其中的道理，奇迹也就不会让人觉得奇怪了。

此事已经过去一年多了，可是我一直没有忘记。因为这件事还告诉我另一个道理：只要我们掌握更多的知识，懂得更多的道理，我们就能创造奇迹，就可以上天入地。认识到了这一点后，我在学习上抓得更紧了，盼望着自己有一天能创造出让大家刮目相看的奇迹。

[原载《怀化广播电视》，2008 年 4 月 3 日，写于就读怀化市迎丰路小学六（7）班时]

日 照 捉 蟹

❀李祺琦❀

　　日照，是一个美丽的地方，它的历史源远流长。夏、商时期属东夷。据《吕氏春秋·孝行览·首时》说，西周初年的著名人物姜太公是"东夷之士"。相传姜太公也是日照人。

　　我们在日照的海边吹着习习的凉风，听着姜太公的故事，难免心里痒痒的。但我们没有姜子牙的智慧和本领，望着大海里的鱼儿们，一个个垂头丧气。忽然，我们望见靠海的一个沙堆下有许多小洞，洞旁还有许多小沙球——这是螃蟹洞！嘿嘿，虽然我们钓不来鱼，但捉些螃蟹也还是不在话下的！于是我们悄悄拿来了挖沙铲，准备对螃蟹们进行一次"大扫荡"。

　　我们先找着了一块螃蟹洞云集的"风水宝地"，之后一人一铲，一个劲儿拼了命似的挖——就不信你们这些螃蟹不出来！

　　过了十分钟……

　　"嘿，这些螃蟹，一只只都会骗人啊！挖那么久，洞里都冒水了！怎么一只螃蟹都没有啊！"正在怨天尤人着呢，我看见一只很"白痴"的螃蟹正探头探脑地爬出洞外。说时迟那时快，我飞身而起，一把将那只"贼头贼脑"的螃蟹"捉拿归案"。之后我们捉螃蟹的过程可谓风生水起。啊，不对，是一帆风顺！总之，我们在海边一共逮到了三十来只螃蟹，不过，海边的蟹都太小了，吃不了啊……

　　后来，我们在无意间知道了每到晚上，森林公园的马路上就会有螃蟹出没！于是我们叫上辅导队老师，带上木棍和铲子以及塑料袋，向螃蟹出没地前进！

忽地，我看见角落中有什么动静，便叫大家来看看——嗬，一只螃蟹正对着我们挥舞着大钳子呢！向敏祯把它赶到了光明处，向舒依菡和郑文瑾一人一铲，左右夹击——没夹着。这只螃蟹以刘翔百米冲刺的速度奔向花坛，我们慌忙地用铲子试图拦住它，可这螃蟹简直就像修炼成精了一般。左一闪，右一躲，我们的攻击全部落了空。

向舒依菡发怒了！只见她高举铲子，对着螃蟹就是那么一拍。哇，这一铲的威力可不小，螃蟹被直接拍晕，稳稳当当地被送进了塑料袋。之后，我们见螃蟹就拍，收获甚多。不过让我们郁闷的是，这些螃蟹虽大，但都是淡水杂交蟹，平日住在下水道里，有毒，吃不得。所以我们最后只能吞着口水将它们放生了……

世间的事也真奇怪。螃蟹喝了不清洁的水，遇到大麻烦了，可这并没有置它们于死地，反倒救了它们的命。这大概就叫做因祸得福吧！

（写于就读怀化市迎丰路小学六年级的暑假，2012 年 7 月）

害人终害己

李祺琦

通过时空虫洞，我与搭档1号乘坐飞船很快抵达地球上空。根据W星宇宙科学院的指令，我们前往地球收集标本，以便决定是否马上清理地球污染，以拯救地球。我们从飞船的俯视窗往下一看，只见到处是焦黑的土地、弥漫的毒雾，曾经的城市已成为废墟，海洋一片锈黑色，让人恶心。我们把飞船降到离地面两米左右的空中，以便细察地面。我们发现地球上还是有些生物生存的，偶尔废墟中钻出几只变异动物，它们异常敏捷，双目血红，毛发枯黑，裸露的皮肤一片紫红，牙尖爪利，是绝对的狩猎机器，让人恐惧。植物也一改往日谦和的样子，变成了个头巨大的攻击性植物。这时，旁边的一株植物正伸着长长的藤蔓向我们的飞船绞来。危险！说时迟那时快，我们赶紧拉高飞船，躲过了攻击。

为什么地球会变成这个样子呢？那要从200多年前说起。那时我刚好在太空孔子学院任教完毕，回到地球。联合国外星开发署见我有星际活动的经验，便聘我为开发署的成员，1号成了我的搭档。刚刚上任，我和1号就收到了W星遭遇电子磁暴的消息。那时地球已经研发了消除电子磁暴的仪器，所以署长派遣我们携带仪器前往W星进行救援，因此离开了地球几天。我们千辛万苦，终于消除了电子磁暴。大功告成后，我们立即返回地球。回航那天，本来我们是怀着喜悦兴奋的心情，迫不及待地想回到家乡。可当我们飞临地球上方时，简直不敢相信自己的眼睛：这哪是地球？分明是个火球啊！巨响传来，刺眼的白光笼罩大地，高温使整个地球都成了一片火海，海洋剧烈地沸腾着，一阵一阵的白烟从海面上冒起。巨浪伴随蘑菇云腾空而上，强冲击波把城市瞬间夷为平地。土地布满焦黑的裂痕，暴露在烈焰的炙烤下。在如此残酷的灾难面前，没有什么生物能幸存下来——地球是回不去了，我们成了"星际难民"，只好返回 W 星。后来 W 星宇宙科学院长老们研究了我们带回来的信息，经过讨论后，他们确定这是一场毁灭性核爆！

"为什么地球会发生毁灭性核爆？"我们都感到不可置信——明明联合国都已经下令不准使用核武器了啊！W 星的情报处经过搜索，替我们弄清了原因：在 3110 年，距地球第三次世界大战结束后不到 100 年，战败的 R 国贼心不死，一面在偷偷修改联合国制定的和平宪法，一面为躲避世界的监控在 7 000 米深的海底打造了抗压试验室，建立了一个隐秘的核弹生产基地。R 国最顶尖的科学家都聚在那儿，企图制造一百万颗核弹帮助本国再次称霸世界。但这种非正义的做法很快遭到了报应——因为该基地正好处于环太平洋火山地震带上，当他们制造了近一百万颗核弹后，一场突如其来的大地震爆发了，过大的能量冲击使得核弹相继爆炸，并引爆了其他国家的核弹，最终使地球毁灭在核爆之下。我们知道原因后悲痛不已，但现在说再多也枉然，我们只能暂住 W 星。W 星的时间流逝与地球不同，一天相当于地球上的一年。在 W 星住了两百多天，也就是地球上的两百多年后，W 星宇宙科学院让我们回去勘测地球现状，于是就出现了开头的那一幕。

"好了，快回过神来。找个高地降落吧，可别忘记我们还要采集标本啊，不然科学院那几个老头又要催人了。"1 号的声音把我拉回现实。我抱歉地笑笑，操纵飞船平稳地落在一块高地上。为保险起见，1 号带上了适合勘测地球的器材就出了舱，我则通过纳米电子仪与他进行交流。

1 号发回来的讯息显示，舱外的环境污染十分严重，焦黑色的土壤中微生物的存活量也相当低，还都是变异的，他蹲下身采集了一些水土样本。这时一株变异植物的藤蔓悄悄地缠了过来，一下子缚住了 1 号。而另一只变异动物也从一个角落里现身，迅速向 1 号冲了过来，尖利的爪子刺向 1 号——它们是在合作，想杀死 1 号！我紧张地站了起来。1 号的反应也不慢，他敏捷地避过利爪的锋芒，然后奋力挣开一只手，抽出激光刃一刀斩断藤蔓。浓稠的绿色汁液喷涌而出，植物吃痛，一下子松开 1 号，茎干疯狂地乱舞着。猛然间，一条藤蔓结结实实地在变异动物背上抽了一下。"嗷！"变异动物嗥叫着，瞪着赤红的双目，和变异植物缠斗在一起。趁这机会，1 号赶紧利用空间传递移动回舱内。我二话不说，操纵飞船升空，躲掉那些想缠住飞船的变异植物和想跳上来的变异动物，进入虫洞轨道。

返回 W 星提交了样本数据后，宇宙科学院召开会议。会议结论为：地球情况极度恶化，清除污染的可能性微乎其微。目前先大力开发清理污染的仪器，等地球自身的污染消散部分后再作出清理污染的决定……我呆呆地听着，机械地鼓着掌，心中只留下一阵苦涩：再探地球，换来的竟是不能再回去的痛啊！我的泪水不受控制地涌出，我们痛恨 R 国的狼子野心，恨他们为了自己的野心，竟搭上了整个地球！难道地球被毁掉，才是你们想要的结果吗？可是害人终害己，你们那几个小岛不也全被核爆彻底摧毁了吗？若干年后被毁的地球是有可能修复的，但你们那些被炸飞的已经无影无踪的岛屿是永远无法修复的！

[原载《边城晚报》，2014 年 3 月 17 日，写于就读怀化市三中初二（2）班时]

拒绝诱惑

李祺璠

我的眼前怎么这样黑呀？我的周围怎么这么臭呀？我的身上怎么有这么多的蚊子呀？我的遭遇怎么这么惨呀？朋友，你想知道我的遭遇吗？请让我慢慢道来。

我叫小绿，是一片叶子。我是大树妈妈最疼爱的女儿，她让我住在房子的最高层。我的视野开阔，赏尽蓝天美景，阅遍林海春色。我不愁吃穿，吃的是大树妈妈给我提供的特制奶，穿的是绿色的连衣裙。

今天早晨，太阳公公刚露出他那红红的笑脸，我便开始工作了。我为大树妈妈生产绿色食品，为人类朋友制造新鲜氧气。我知道我的工作很有意义，我对我的工作十分满意。

正当我聚精会神工作的时候，飞来一只麻雀。他一见我就夸开了："小绿妹妹，你真是世界上最漂亮的女孩！你的青春，你的靓丽，谁能比得上？"他的话说得我心里甜滋滋的。"只可惜你住在这深山老林中没人欣赏，"麻雀接着说，"我们交个朋友吧，我带你到城里去，那里人多，说不定会有一群小伙子拜倒在你的绿衣裙下。城市可是个好地方，繁华热闹，哪像这深山老林，一个人都见不到啊。"

麻雀的话说得我的心痒痒的，于是决心跟麻雀往城里走一趟。我把这一想法告诉了大树妈妈。妈妈听后大吃一惊，连忙制止道："孩子，你不能去，麻雀是骗子，他是别有用心的，你千万别上当！"妈妈对麻雀恨之入骨。麻雀一飞近我，她便举起树枝狠狠打去。麻雀转来转去飞了半天也无法靠近我，便垂头丧气地飞走了。

可是妈妈的话并没有改变我的想法，城市对我的吸引力太大了。下午风婆婆来了，趁妈妈不注意，我拉着风婆婆的衣襟便开始了我的城市之行。

我在空中飞呀飞，无拘无束，随心所欲，真是舒服极了。我飞出山谷，飞过村庄，终于飞到高楼如林的城市，看到了棋盘似的街道，游鱼似的车辆，潮水似的人群，人群中的小伙子个个都长得帅极了。我想我这一步真是走对了，心里觉得美滋滋的。

就在这时，风婆婆对我说："孩子，我累了，要休息了，你也下去休息一下吧。"于是我落到一条水泥马路上。我正闭着眼睛准备休息的时候，忽然感到路面振动起来，睁开眼睛一看，只见一辆载重卡车正轰隆隆地驶过来。呀，他该不会压着我吧。我正想着，车轮子不偏不斜地从我身上滚过去，压得我喘不过气来，我的骨头都被压碎了。屋漏偏逢连夜雨，噔，噔，噔，一个穿着高跟鞋的时髦女郎走了过来，那尖尖的高跟，不偏不斜正踏在我的胸膛上，我觉得钻心的痛，顿时昏了过去。

"这不是我上午想带回家里的那片样子丑陋的叶子吗？那大树太厉害，害得我带不成。这下好了，她自己飞来了，感谢大卡车，给她整了容，将她压得这样平整整，正好带回家垫床。"我睁开眼睛一看，原来说话的正是上午曾站在我面前花言巧语的那只麻雀。真是一个骗子。我愤怒极了，想臭骂他一顿，但已没有说话的力气。

臭麻雀正想动手来搬我，这时雷声由远而近，大雨倾盆而至，他被淋成了落汤鸡，只好慌慌张张地逃走了。原来是一辆洒水车开过来了。

我眼前怎么这么黑啊？周围怎么这样臭啊？回过神来，我终于记起来了，原来是洒水车的强大水柱把我冲进了下水道。下水道是粪便、死鼠等脏物的汇集地，这里臭气冲天，蚊蝇遍地，是一个真正的人间地狱。我后悔自己没听妈妈的话。回想在树上的时光，过的真是天堂般的日子。

啊，朋友，请记住我的教训。千万不要上骗子的当，魔鬼往往扮成天使，毒药往往裹上蜂蜜。不该得到的东西，或者没有能力得到的东西，千万不要强求。诱惑是通向地狱的大门，拒绝诱惑就能远离地狱。

［原载《新7天》，2010年3月1日，写于就读怀化市三中初二（8）班时］

鼠国奇游

李祺琦

一天晚上，我正在家里写作业。忽然，一道闪电从窗外闪过，耀眼的光芒在一瞬间就把房间照得雪亮。我惊恐地往窗外一看，发现一只大老鼠，前爪叉腰，正目光深邃地看着我。

我吓得结结巴巴，还没说出个完整的句子就听到那大老鼠口吐人言："尊贵的客人，感谢您对我鼠国作出的贡献。我们诚挚地邀请您参加本国庆功宴。请随我来。"我？尊贵的客人？庆功宴？这下我可真是一头雾水，之前的惊吓全变成问号了。管他的，先随它去看看吧。

院子里有棵大树，枝丫一直伸到窗边。我们顺着树枝溜到地上，然后大老鼠带着我在巷子里七拐八拐的。就在我感到体力耗尽前老鼠停下了，指着角落里的一个大约一米高的洞说："我们到了。"之后就一溜烟地钻了进去。开什么玩笑？这洞能开庆功宴？我咬牙切齿地想着，然后瞪了那洞一眼，便猫着腰钻了进去。

我弯着腰费劲地往前挪了好几步后，眼前一下子豁然开朗起来——没想到这里边这么宽敞！洞里灯火通明，摆满了桌椅，许多和我一般大的孩子坐在那里聊天，还有许多大老鼠眉开眼笑地端茶送水，忙前忙后。

哎？那不是我的同学吗？他们也来了？我惊讶地向他们跑去。他们很开心地朝我招手，拉开椅子让我坐。我坐下后就问开了："这些老鼠是搞什么名堂？""不清楚啊。"他们很整齐地摇头，"我们要是知道就好了，还想问你呢。""哎，我听它们讨论说等会儿开宴前有个演讲，咱们听听那演讲呗。"坐在我旁边的同学提议。"有道理。"我们点点头，然后注视着洞中央一个被桌椅围绕的大圆台。

没过多久，一只西装革履的大老鼠走上了台。它爪握话筒，有些激动地开口："尊敬的客人们，晚上好！我作为鼠国代表，非常欢迎各位的到来！大家一定都在疑惑我们的目的，其实我们的目的非常简单——开个庆功宴，让为鼠国输送粮食的各位吃好玩好！……"我屏息凝神，听得分外认真，当听到"输送粮食"四个字后不禁吃了一惊。当我还想往下听个明白时，周围如同炸开了锅，根本听不太清。只依稀听得那大老鼠激动得唾沫横飞，拼命夸奖我们为"削弱人类，增强鼠国"作了贡献，还洋洋自得地拿出因饥饿致死的人类数据来夸耀……越听到后边我的心越往下沉。再看看同学们，一个个都难过得像犯了牙疼，表情很纠结。

"……我从没想到，原来有这么多人饿死。"我低着头，声音有些闷地开了口。回想起自己最近总拿天热没胃口说事，每天基本要剩半碗饭。我的天，我现在只想给自己一拳。"我也是，总觉得浪费一点没关系，可是……唉。""现在我们成了老鼠的座上宾，会不会也成了人类罪人？""我想回家……"已经有女生开始低声啜泣，大家缄默着，桌上的气氛瞬间坠至冰点以下。

西装鼠眉飞色舞地发完言后，就开始上菜了。菜色丰富，五花八门。然而我们都没什么胃口，谁都懒得动筷子。大老鼠还怂恿我们玩"食物大战"的游戏："各位尽兴就好，反正都是人类剩下来的，不重要。大家开心就好，管他那么多干啥？"在这样的煽动下，还真有些人站起身拿盘子里的糕点玩了起来。没过一会儿洞里一片狼藉，各式菜品撒了一地，其他人和老鼠的大笑声此起彼伏。此时我又想起之前西装鼠激动万分的发言，情绪不由得更加低落。

宴会不知不觉就结束了。我们起身走到洞口，一只大老鼠拦住我们轻咳一声："希望各位客人保密……"之后又是白光一闪，我就什么也不知道了。

醒来时我躺在卧房里，外边金色的阳光透过窗帘洒进来，温暖惬意。我坐起身，只记得好像发生过什么事，具体的情况却怎么也想不起。这时妈妈走进来催我去吃饭，我应了一声后便跑进餐厅。

饭桌上，我又想剩饭。但当我放下碗准备起身时，余光瞥见角落里好像有只老鼠正贼兮兮地看着我。我一个激灵，记忆一下破土而出，汹涌袭来。我重新坐下去，果断地端起碗把饭吃得干干净净。

当我再次往那个角落看去时，老鼠已经不见了。

[原载《怀化日报》，2015 年 8 月 17 日，写于就读怀化市三中高一（3）班时]

人间有情

"则"重如山

李鹊起

妻姓张，名则妹，怀化人。怀化起名的习惯是：称男的为娃，我岳父叫刚娃，他儿子叫选娃，孙子叫铁娃；称女的为妹，老大叫大妹，老二叫二妹，老满叫满妹、安妹或则妹。妻上有两个姐姐，下无妹，理所当然地便成了则妹。则，按怀化的方言，是小或最小的意思，与满、安同义。

则妹这名字在家里叫叫是可以的，所指对象一般不会搞错，因为奶奶、妈妈、女儿三者同为则妹的情况极少。但是走出家门，来到广阔而又人头攒动的社会，便难说了，会产生呼甲而乙应，喊一人而数人接声的尴尬，因为她们都叫则妹。中国多子女的家庭，数以亿计，叫则妹的女孩太多了。这不，问题就来了。妻七岁去读小学，一个班30多个小不点，居然就有两个张则妹。这让班主任谭老师犯难了。好在谭老师智力超群，灵机一动，便想出了一个解决方案。他对另一个说，你就叫妹则，好吗？另一个欣然同意。为什么另一个则妹会同意呢？因为在怀化，妹则和则妹的意思差不多。一直到现在我妻的哥和姐都还喊我妻为妹则，而少有叫则妹。问题就这样解决了，还真是皆大欢喜。谭老师真英明！

因为以出生先后为序起名，同名者太多，在一个班读书总不能都是娃和妹吧。于是聪明的怀化人便在这种小名或乳名之外，再起一个大名或学名。而妻却没有大名。如果她一家人都没有大名也好理解，事实是她家里的其他人都有大名，这就让人想不通了。她父亲叫应贤，母亲叫春容，哥哥叫忠源，弟弟叫忠选，两个姐姐一个叫喜凤，一个叫明菊。这些名字都是有文化含量的：男的有儒雅之风和阳刚之气；女的则充满了诗情画意。为什么这个家起名文化之河，汩汩滔滔地流来，流到妻这里却突然断流了，而到她弟弟身上又突然冒出来了呢？如果她父亲一字不识也好理解，可她父亲却是认得些字、有一定文化的人。"文革"中在活学活用毛著时，担任贫协主席的他，曾当众背过"老三篇"，一时在远近传为美谈。这就怪了。后来问岳母才知道原委：原来在妻出生时，岳父到远处做工，去了很长一段时间。等他回来时，则妹的名字已叫上口了。没想到一叫就是七年，到发蒙读书时，谭老师大笔一挥，便用文字将它固定下来了。小名、大名、乳名、学名都由它一肩扛起。我认为妻的名字是那个贫困的年代给妻留下的一个印记。

妻的容貌姣好，身材秀美。她是我心中的女神。这样一个女神竟没有一个美名，我总是感到遗憾。我一直琢磨着给她改名。机会终于来了。参加工作后有次要填履历表，我就建议她将正名填成"洁梅"，将则妹填到曾用名一栏里。这样无形中便将名字改过来了。洁梅与则妹音相近，但意境却完全不同，我是动过一番脑筋的。但是妻死活不肯。大概她的名字经过亲友同事的呼唤，已渗入她的骨髓，融入她的灵魂里了，改一个名就等于要了她的命一样。我只好作罢。

名字改不了，遗憾便长留在我心中。我总觉得妻的名字太土、太俗、太没有文化了。这种想法一直伴我走过了四十多个年头。没想到最近看了谢冕的《则在千秋》（《光明日报》，2014年3月21日），却彻底颠覆了我的想法，妻的名字一下变得高雅、庄重了起来！

谢文颂扬了北宋早期浙江永康一个被称为胡公的历史人物。胡公原名厕，参加殿试时，监考的宋太宗见他是个人才，赐名为则。在数万汉字中，最高权威独独看中了这个"则"字，可见这个"则"字的分量不同一般了。这万里挑一的字，这皇帝看上的字，你能说它土，说它俗吗？

　　仔细想想，这"则"字所包含的正能量还真是够大的。就拿胡则来说吧，经皇上提醒，他终生守住了一个"则"字。他先后在九个州郡任职，足迹遍布大半个中国。每到一处，他都坚持为民办事的原则，认真地为老百姓办实事，做好事，深得百姓的拥戴。他一身正气，两袖清风，恪守做人的准则。经他手的钱财千千万，但不义之财，分毫不取。有挚友升迁，请他赴宴，可他囊空如洗，拿不出礼金来，只好以家用的旧银器代赠。他率先垂范以身作则。杭州任内他亲领民工修海塘，造福百姓。福州任内发生了百年不遇的大旱，他为民请命，请求朝廷免征灾区的丁钱。在封建社会里，帝令如山，谁想动摇它就会招来杀身之祸。胡则请命时是将自己的命豁出去了的。由于胡则勤政爱民、克己奉公、敢作敢当，生前受到了下到黎民百姓上到朝廷皇帝的肯定和赞扬，死后还被人们修祠供奉，祀以为神，而且千余年来香火兴旺，经久不衰。是一个"则"字将他这个农家子弟修炼成了一位口碑极好的清官良吏，死后还成了帮助人们反省人生、洗涤灵魂的神。"则"能成就一个人。

　　再说妻吧。妻一生下来便与"则"字结缘，以后一直以"则"字为伴，在我们组建家庭的过程中更是以"则"字当家：在爱情婚姻方面，她恪守忠贞负责的做人准则；在待人接物方面，她坚持与人为善的处事原则；在勤俭持家方面，她坚持自己带头以身作则。

　　"文革"中我被打成牛鬼蛇神。这时我们结婚才几年，有了第一个孩子。当时的潮流是，年轻的夫妻，男的被打倒之后，女的一般选择离开。我被挂牌、批斗、游街后，被丢到了生产队的一间破旧的房子里接受劳动改造。我一下子像掉进了黑暗的地狱。我想我那温馨的小家庭恐怕是不能保住了。我也不能太自私，让娇妻跟着我受罪，遭人指责。但家也是支持我的生命的最后一根柱子，失去这根柱子，我的生命之厦也就全塌了。我万念俱灰，感到生命之火已快油尽灯枯。就在这时，妻来到了我面前，平静而又坚定地对我说："你放心，我绝不会离开你。我会尽到一个妻子的责任。你坐牢，我就在外面等着你出来，你坐多久我就等多久。你被开除，我跟着你去农村。我们都是农家子弟，能用自己的手养活自己，天无绝人之路。为了我和孩子，你一定要好好活下去！"妻的一席话，说得我心里热乎乎的，热泪忍不住夺眶而出。我的生命之火又熊熊燃烧起来了。到第二年终于苦尽甘来，我回到了校园。

儿子长大，媳妇进门。妻认为媳妇是新鲜血液，能来我家是缘分，应待之以诚。她对媳妇从不说重话。小两口发生了小摩擦，媳妇在理，她一定帮着媳妇说服儿子。媳妇不在理，她也不指责媳妇，开导几句，让她自己去把问题想通。因此在我家，婆媳和睦，夫妻相敬如宾。儿孙如有劣行，她绝不容忍。她认为品行不端正，就会害了他们一生。邻居送她一株蒜，她一定还人一把葱。对于一切帮过她的人，她总是怀着一颗感恩的心。因为她善待一切，因此在我们的生活圈内，人们见她总是笑脸相迎。

妻在乡村工作时，学校周围有些荒地。她星期天不休息，开荒种菜，种了一畦又一畦。一年到头小菜都能自给。进城后，住进了楼房，周围已无寸地。她便在防盗网里，用盆盆钵钵经营起了她的绿色基地。栽种萝卜白菜辣子蒜子，一年四季，也有不少收获。去超市她选在夜里，因为这时的菜比白天便宜，常常高兴而去，满意而归。她有白雪公主的清丽，却从不打扮自己，每日穿的都是几十元一件的布衣。晚辈想表示点心意，带她到商场，打算给她买件好一点的皮衣，价已谈毕，可她嫌太贵，坚决不同意。趁大家不注意，便把衣退回了货柜，弄得大家措手不及。妻把每一分钱都看得十分金贵。她的以身作则，也带动了儿子儿媳，大家都勤俭成习。所以我们家的收入虽不高，但每月都有余钱剩米。

是一个"则"字帮我们渡过了劫难，和谐了关系，营造了勤俭的好风气，让我们一家和和美美，日子过得无忧无虑、有滋有味。"则"能成就一个家。

再说说宋太宗吧。他心中也是有个"则"字的。从他任命胡则这样一些德才兼备的官员来治理州郡就可以知道，他是坚持了任人唯贤的原则的。他虽然不能亲自去体察民情，但当胡则将灾民的情况向他陈述后，还是引起了他的关注，从而恩准了胡则的请求。对于胡则这样一个普通考生，他能亲自指点迷津，进行培养，这说明在培养官员方面也是能亲自动手以身作则的。正是因为他对"则"字的坚守，从而使得他治理下的中国出现了一片难得的升平景象。"则"能成就一个国。

坚持办事原则，恪守做人准则，处处以身作则，这"三则"还不是"则"字所蕴含的正能量的全部。然而，仅此"三则"，在修身齐家治国平天下这一巨大的社会工程中所释放的正能量，就已经是无法估量了。"则"字就像一座直冲霄汉的大山，巍峨地耸立在汉字的茫茫原野里。对于这样一座山，你能说它分量轻、文化含量低吗？

我终于明白岳父与妻不肯改名的原因了。他们早已通过那本小小的新华字典看到了这座山。而我则因为方言的云雾遮眼，始终未能看到庐山真面目。这次经谢先生指点，才拨开云雾见到了它入云的伟大。惭愧啊！

我感谢这座山。是它撑起了我的人生，撑起了我的家庭，撑起了我的生命！

谢冕说：则在就千秋大业可期。当前，我们民族正在为建设和谐中华、美好中华、强大中华而奋力拼搏。我们正在圆一个复兴中华的梦。在圆梦过程中，我们心怀一个"则"字，步子将会迈得更稳、更齐、更快、更有力！

（原载《怀化日报》，2014 年 6 月 8 日，2014 年 5 月写于病房中）

爷爷心中的太阳

❖李祺璠　李祺琦❖

　　这天爷爷八十大寿。一大早我们兄妹俩便开始为爷爷准备礼物。爷爷生活简朴，爱好文学，崇尚艺术，花钱买某件货物，他会觉得很俗，肯定不会接受。我们商量后决定由哥哥写篇祝寿词，妹妹画幅祝寿图。

　　两个小时后，礼物做成，我们把它送给了爷爷。祝寿词写了爷爷 79 年的风雨历程，为了我们这个家庭，为了我们儿孙，他不知付出了多少艰辛，以至于满脸都爬满了皱纹。我们还写了爷爷事业有成，作为一名园丁，他培养出来的学生数之不尽，考上清华、北大等名校的就有一大批；评上了高级、特级教师，还多次评上了先进，获得了全国优秀教师的殊荣；发表的诗文常得到读者的好评。祝寿图的左边是山坡上挺立着一株古松，枝繁叶茂，郁郁葱葱，图的右边是一片辽阔的水域，有点点帆影；图上方书写着：福如东海长流水，寿比南山不老松。爷爷看后很开心，并对祝寿图提出了建议，要妹妹在图的右上方再画一轮红日。

　　趁着他高兴，我们便要爷爷讲讲他不平凡的人生，爷爷满口答应。他给我们讲起了 1977 年底高考评卷的有关事情。那年考生特别多，考点设到了乡镇，评卷分地区进行。黔阳地区的评卷点就设在安江的大沙坪。语文评卷教师有一百多人，都是从各县市挑选出来的精英。爷爷那年在八月的《湖南教育》上发表了《改革〈怎样写总结〉一课的教学实践》一文，该文被全国多家教育刊物转登，他因此有幸参与了这一选拔人才的工程。这次评卷与之前之后的评卷都不同：评卷老师对所评的科目，也要像考生一样进行考试，而且严格评分，成绩作为考核业务的根据和凭证。这一下老师们慌了神，有的甚至找个借口离开了大沙坪。可是爷爷心里很平静，考得差就差，不行就不行，只有这个水平，自己就应该承认。卷评完了，老师回到了各自的县市，考试的成绩也跟着下来。让爷爷大吃一惊的是：在怀化他的成绩是第一名，高出有的人几十分。为什么能得第一名？爷爷要我们帮他找找其中的原因。我们想了一会儿，得出了结论：是爷爷知识渊博，笔杆子硬。爷爷笑着说："你们说的是其中的部分原因，但不是主要原因。"这套试题一共100分，考知识的题只有30分，而且题目不难，稍有一点水平便可得分。难度大的是作文，占了70分。题目是"心中有话向党说"。这个题目的关键词是"有"。只有有话要说，而且这些话又是正面的话，才能写出能得高分的作文。而当时的老师，普遍受到了"文化大革命"的冲击，心中多少有些怨恨，第一感觉是无话可说。霸蛮要写感激和颂扬的话，又言不由衷。"巧妇难为无米之炊"，笔杆子再硬，也不能无病呻吟。而爷爷却不同，他正有一肚子感激的话要说，他对党充满了敬佩感激之情。有两件事，爷爷始终铭记在心。爷爷出生于农村，家里清贫，读高中和大学时家里拿不出分文，是党和政府给了他全额助学金，将他培养成有用的人。还有一件事是，读大一时爷爷患了严重的肺结核病。当时这种病是很难治的，是党和政府将他送到了北京亚非学生疗养院，通过九个月的精心治疗，终于使他转危为安，脱离了险境。他就把这两件事写进了作文，一韵到底，一气呵成，文采飞扬，情真意切，从而得了高分，使他的成绩鹤立鸡群。爷爷说，作文也像做人，要心正情真。是一腔爱党的激情成就了他的这篇作文。

下午家里来了两位客人，一位叫中英，一位叫乃军。他们与爷爷是同行，都是园丁。他们也是爷爷的学生。谈着谈着，他们便想起了38年前爷爷给他们上课的情景，情不自禁便学着爷爷的神态朗诵起了毛主席的《沁园春·雪》。他们完全沉浸在了那段久违的、珍贵的岁月，激动而兴奋。末了，两位学生向老师表达了感激之情：

"是您的精心教育，着力培养，才让我们离开了闭塞贫穷的小山村，来到了开放繁华的怀化城，此恩此情，我们将永远铭记在心！"爷爷却笑着说："不是学生要感谢老师，而是老师要感谢学生，是你们给了我一个充实而美丽的人生。没有学生，老师将一事无成。老师只是一个外因，你们事业有成，主要靠你们自己的打拼。没有天才老师，只有天才学生，是天才学生成就了天才老师这一美名。你们倒应该感谢我们这个美好的时代，是这个时代为你们提供了发挥聪明才智的平台。"

晚上吃蛋糕，参加的有家人、友人和爷爷曾经教过的学生，大家挤满一厅。首先大家一起唱生日歌，把生日的气氛搞得很浓。接着是爷爷讲话："在这幸福的时刻，我要感谢我的亲人、友人、学生，是你们支撑了我的人生，让它坚固完整，美丽动人。我还要感谢我们的党，是党给了我为人民服务的本领，是党给了我第二次生命，是党给了我一个又一个的殊荣，是党给了我晚年的幸福与安宁……我是一滴水，滴在教育的园地里，能让种子发出绿绿的嫩芽；我是一滴水，滴在文化的长河里，能让水面溅起一朵小小的水花；我是一滴水，是太阳让我发出了夺目的光华；我是一滴水，有一天也会蒸发，那时我会变成天边美丽的云霞！"

如果说，1977 年评卷前做的那套题，是爷爷交的一份考场答卷，那么这天的生日讲话，便是爷

爷交的一份人生答卷。两份答卷都诗意盎然，文采斐然，扣人心弦！两份答卷虽相隔了40年，却一脉相承，前后呼应，不论是主题还是内容，都是那样的相近！都是歌颂党的大德大恩，抒发对党的一片深情。在爷爷心中，党的恩情比泰山还重！提起党就不免心里激动！

爷爷的讲话声音高亢，就像洪钟在深夜敲响；爷爷的身体硬朗，就像一株挺拔的白杨；爷爷的情绪高涨，就像战士正在摩拳擦掌，随时准备上战场！是什么灵丹妙药，让时间倒转近四十年，使一位八旬老人回到了激情燃烧的岁月？我们心中在暗暗思量。突然我眼前一亮，想起了上午交画后爷爷的模样，欣喜后又将眉头皱上。他说画还有不圆满的地方，要我们在右上方再画上一个红太阳。我们一下子开窍了：是爷爷心中有个太阳。这个太阳就是伟大的中国共产党。是党将爷爷的生命照亮，是党将爷爷的心灵照亮，是党将爷爷的人生照亮！使爷爷一路走来，是那样的青春坦荡，意气风发，斗志昂扬，灿烂阳光！到了吹蜡烛许愿的时候了，爷爷低头合掌，好一会儿才抬起头，这时似乎在眺望远方。过后我们问爷爷："您许的是什么愿？"爷爷说："我的愿望是希望在党的领导下，祖国越来越富强。只有国家富强，人民才能安康，子孙后辈才会有好时光。你们一定要相信党，热爱党，把自己的一切都交给党！"爷爷的话语重心长。

爷爷心地善良，待人诚恳，做事细心，说话温馨。他是一只喜鹊，飞起来，唱起来，都会给人们带来好心情。

（原载《怀化日报》，2016 年 2 月 29 日，写此文时祺璠在中南科大读大二，祺琦在怀化市三中读高一）

为外公立碑

❦李祺琦❧

外公是今年四月去世的。根据他的遗嘱，开完追悼会后，便将他的骨灰送到沅陵老家安葬。因为时间匆忙，安葬时没有立碑。国庆放长假时，爸爸、妈妈、舅舅、姨姨决定给外公立块碑，于是我跟着爸妈一起去了沅陵。

我们是十月二日乘车从怀化出发的。由于我没到过沅陵，很想看看沅陵是个什么样子，心里只想汽车跑快些。可汽车却偏偏与我们作对，几次堵车，一堵就是一个多小时，真是跑得比蜗牛还慢。到沅陵时已经是深夜了。我们在舒姐姐家歇下。

外公的老家离沅陵城还有一百多公里，于是第二天我们又乘快艇向五强溪前进。在艇上我看见了凤凰山，这是关押过爱国将领张学良的地方。这座小山就像一位历史老人在向我们讲述一个英雄的故事。艇两侧的沅江水，碧绿碧绿的，非常可爱，就像一个绿色的大果冻，我真想咬它几口呢！

艇到五强溪时，仔忻妹妹她们已在那里等我们了。我们一起到麻伊优坐车去外婆的老家高庙界。到外婆的老家后，看到屋子周围都是板栗树，我与妈、姨、妹便去打板栗，一下子就打了满满的一篮子，还捡到了柿子、猕猴桃、灵芝。沅陵这地方真是人杰地灵，到处都是宝，怪不得外公要把骨灰安葬到这里来。

第三天是最辛苦的。早晨我们从外婆老家所在的那座高山上下来，接着又爬上外公老家所在的那座高山。外公家所在的这座山叫张天界，与张家界相邻。爬了几个小时才爬到立碑的地方。我们到时，坟地已站满了人。碑很大，由三块石板组成，上面刻有外公的名字"张新军"和生平事迹，还刻了我们这些子孙的名字。主持仪式的人称赞外公是肯为家乡做事的好人。外公曾为家乡修了一座桥。听到老家的人在称赞外公，我感到非常骄傲。可是对于碑，我却有点小小的意见，就是把我的名字中的"祺"刻错了，刻成了"祁"字。祺是吉祥的意思；而祁却没有这个意思，意义就差多了。我向刻碑的老爷爷提出了意见，可是字已经刻在石头上了，无法改变了。我心中不免有些遗憾。

在下山的路上，爸爸见我有些不高兴，便给我讲起外公生前的事来：外公曾当过解放军，在保卫边疆的战斗中，浴血奋战，曾立过战功。听了爸爸的介绍后，我对外公有了更深一层的了解，外公不仅是一个好人，而且是个英雄。他要求安葬在高山上也是有其用意的：他生前为了保卫祖国而战，死后也要为人民看守好山河。外公的形象在我的心中渐渐地高大起来了。我边走边想：我要学习外公爱国爱民的精神，我要在我的心中为外公竖一块金光灿烂的碑！

［原载《怀化广播电视》，2007 年 10 月 26 日，写于就读怀化市迎丰路小学二（9）班时］

一个最可怜的人

李祺璠

深秋的一个早上，不时地下着毛毛雨。吃了早饭后，我拿着伞背着书包去上学。走到太平桥公交站我停下来等车。等了几分钟还不见车来，于是我就开始观察周围的人和物。向西头的人行道看去，不知谁丢了一团脏兮兮的衣服在那里。刚开始我并不在意，可是后来这团脏衣服慢慢地向我们这群等车的人移动，这才引起了我的注意。

脏衣服离我们越来越近了，我终于看清楚了，那是一个无法站立行走的人。他只有一只手和一条腿。他的右手从肩部断掉了，他的左腿从大腿处断掉了。他走路的办法是：以胸腹着地，将右脚向前弯拢，接着用膝盖和脚掌的内侧撑着地面来拱身子，同时将左手向前抠住地面来拉身子。就这样手拉脚拱地将伏在地上的身子一点一点地往前推进。站着的人从上面往下看，那样子就像一条软体虫在向前蠕动。好端端的一个人，却变成了一条虫，真惨！我的心颤抖起来。

这天的气温相当低，今年冷得比往常要早。有的人已穿上了羽绒服，我也穿上了厚厚的毛线衣。可他却只穿了一件薄薄的单衣，从他冻得乌黑的嘴唇来看，我知道他是感到冷的。地上湿漉漉的，他趴在地上行进，胸前和腹部的衣服便成了拖把，早已裹上了一层泥浆。天上时不时地飘下毛毛雨，他背上的衣服和头发上都凝结着一粒粒的小水珠，身上大概没有一处干爽的地方。他的衣服原本可能是浅颜色的，但因为长时间被尘土污垢所浸染已变成深黑色。膝盖处的裤子，已被磨出了一个大洞。

　　他的脸黄中带黑。由于没有肌肉，脸两边的颧骨凸得非常分明。他的脚和手就像干枯的树枝。看样子他应该只有三十多岁，正处于生命的盛夏，可是看他的模样却已经到了生命的残冬。

　　他的面前放着一个破损的洋瓷碗，可是里面却是空的。有的人像看到瘟疫病人一样躲开他。有的人则将视线投向别处，假装未看到。这时从人群中走出了一个头发花白的老婆婆，她从衣兜里摸了好久才摸出一个一元的硬币，一边弯腰放到了他的碗里，一边说："造孽，造孽！"他那麻木的眼睛立刻发出了亮光，低声说："谢谢！谢谢！"接着前额在水泥地上连磕了数下。看到此情此景，我心中一酸，热泪涌了出来。我多想给他一块钱啊，可是我的口袋里一分钱都没有。就在这时公交车来了，我带着愧疚的心情上了车。

　　第二天，我借故向爸妈要了一块钱，想用来帮助这位可怜的叔叔。可是在以后的日子里我再也没有看到他。现在是隆冬时节，寒风凛冽，这位可怜的叔叔脆弱的生命还能挺住吗？我心中老是惦记着他。

　　[原载《新7天》，2010年1月11日，写于就读怀化市三中初二（8）班时]

寻找可怜的人

李祺琦

　　哥哥自从看见那个只有一只手一条腿的可怜人后，就一直惦记着他。而我呢，前天看了哥哥的作文《一个最可怜的人》后，也跟哥哥一样，担心起这个可怜人的命运来了。昨天我们兄妹俩都得了一点稿费，今天在哥哥的提议下，我们决定上街去寻找这位可怜的叔叔，用我们写作文所得的稿费帮助他。

　　上午九点多钟，我们兄妹俩从三中出发。为了见到后能记住这位叔叔的模样，我还向妈妈借了一台小小的照相机。我们先到迎丰市场。在铁路桥下，我们看见了一堆脏乱不堪的杂物，还有破烂的棉絮衣服。这大概是无家可归者过夜的地方吧！但是我们没有看见这堆杂物的主人，大概是到别处乞讨去了，无法判断这就是我们要找的可怜人。围着迎丰市场转了几圈，都未看见我们要找的可怜人。于是我们转到了香洲广场，接着又到新湖天大桥的桥下市场以及太平桥，但都未找到我们要找的可怜人。在太平桥西边的铁路桥下，有一堆乞讨者过夜的杂物，但也是人去窝空。

　　当我们走到人民路的工商银行前时，看见一个瘦得皮包骨的脏兮兮的小男孩，光着上身盘坐在人行道上，他的脚大概有些不正常，不能行走。这么冷的天气不穿衣，我们觉得他怪可怜的，决定帮助他。于是哥哥给他买了一盒方便面，我则给了他三元钱，他的脸上露出了灿烂的笑容。

　　我们继续向前走，在人民路的天桥旁，看到一个老婆婆带着一个小孩坐在人行道上，老婆婆戴着一顶绒线帽，帽下露出花白的头发，旁边躺着一个脚有残疾的小孩，怪可怜的，于是我买了一盒方便面给他们，哥哥则给了她三元钱。哥哥给钱时，我给哥哥照了一张相。哥哥一问，才知道老婆婆原本是新晃人，是被儿子赶出来的。她的悲惨遭遇听了真让人心酸。

  告别老婆婆后，我们继续向前寻找那位可怜的叔叔，可是走到三角坪都没找到。这时已经是下午两点钟了，哥哥要去三角坪旁的一鸣教育去学英语，我没有了伴儿，只好向家里走。

  跑了一天都未找到那位可怜的叔叔，心中不免有一点遗憾。但是想到我们帮助了几个人，我心中又感到很高兴。

  但愿那位可怜的叔叔在热心人的帮助下，现在已经有了一个能遮风避雨的家。

  ［原载《新7天》，2010年1月18日，写于就读怀化市迎丰路小学四（9）班时］

洪水无情

❧李祺璠❧

七月十九日　星期一　大雨

上午在阳台上写作业。窗子外面大雨铺天盖地，雨点打在雨阳棚和窗户玻璃上，发出"咚咚咚"的响声，像无数天兵天将擂响了战鼓，要来摧毁我们的地球。看到这景象，我好紧张。

果然不出所料。下午一点，爸爸打来电话，说湖天开发区已被水淹了，变成了一个湖。街上车子不能走了，住在一楼的人都撤到了高处。高楼上的人都被洪水困住了，出不来了。我有几个同学住在开发区，这几天他们上午都要到外面学琴，现在他们也回不去了。怎么办呢？我庆幸自己住在三中，水淹不到。

晚上七点多钟，《新闻联播》在报道涨水的地方时，我们怀化被放在第一个，画面上有房屋被淹在水里的镜头，看着让人心里好难过。

晚上八点多钟，雨小了些。我提出想去看看洪水，爷爷表示同意，便打着伞陪我来到了湖天大桥。只见桥下的水就像一群猛兽，恶狠狠地往前扑去，好像谁挡住它们的去路就要把谁吃掉。在水面上一闪而过的有树枝、门板、窗户、塑料盆等，还有死猪。水已涨到离桥面不远的地方，桥底下的便桥已被完全淹没。两边的房子，矮的水已快淹到房顶，高的也淹了一大截。那站在水里的房子黑洞洞的，没有灯光，就像一群被人夺去了妈妈的孩子，伤心极了！

回到家里，我问奶奶以前看到过这样大的水没有，奶奶说，她在怀化生活了五十多年，还从来没有看到过这么大的水。

这时电视里正在播放晚间新闻。只见一个武警战士正在背着一个被洪水围困在屋顶上的老奶奶上冲锋舟，老奶奶被感动得热泪直流。真是洪水无情，人间有情啊！

[原载《怀化广播电视》，2004 年 8 月 23 日，写于就读怀化市迎丰路小学三 (7) 班时]

唱凯堤之战

❦李鹊起❦

六月二十一日　下午六点
洪魔突破了唱凯堤的防线
人与自然开始了一场恶战

四十一个村庄　瞬间沦陷
十万群众　处境十分危险
一场灾难摆在中华民族面前

唱凯堤一下子绷紧了
每一个中国人的心弦
人们将受灾的同胞惦念

不管付多少力　用多少钱
也要确保群众的生命安全
总书记喊出了大家的心愿

从陆地　从天空　从水上
举国上下　展开了大救援
温总理亲临前线

数百冲锋舟　第一时间出现

载着一个个武警战士
劈波斩浪　冲锋在前

他们冲破洪魔的包围圈
从屋顶　从高处　从树尖
救出了一个又一个被困人员

时间仅仅两天
十万群众　全部脱险
初战告捷　战果空前

乘胜追击　快马加鞭
六月二十五日这天
填堵决口的工程如期开展

武警水电部队负责攻坚
他们有丰富的治洪经验
五一二地震时曾转战汶川

大型运输车像山一样巍然
一辆接一辆列队决口两边
一分钟一车土石倒入水面

填平三百多米的巨大决口
时间仅仅用了三天
奇迹在这里出现

六月二十七日　下午六点
洪魔被拦腰斩断　命丧黄泉
受灾群众欢天喜地开始返回家园

唱凯堤之战
在短时间内将入侵之敌全歼
干脆 利落 让世界称羡

唱凯堤之战
谱写了中华民族的壮丽诗篇
也提醒我们 要尊重大自然

(原载《边城晚报》，2010 年 7 月 1 日)

四 月 的 雷 声

⋙李鹊起⋘

这是一个阴沉的早晨
突如其来的地裂山崩
撕碎了芦山的平静
公路被震断
河道被填平
遮风避雨的房屋
一下成了吞噬生命的坟茔
芦山在滴血
雅安在呻吟
"4·20"绷紧了
全国的神经

闪电划破云层
那是我们民族
滴血的伤痕
雷声隆隆　驰过长空
那是催人的警钟
在长鸣

灾情就是命令
震后七分钟

救援队便开始行动
震后二十分钟
省委便作出了决定
震后四小时
在灾区便看到了
总理的身影
各路救援大军
向这里靠拢
各方爱心捐赠
向这里集中
救灾工作
有序进行
从废墟中救出了
一个又一个
受伤害的生命

闪电划破云层
那是在困难时刻
彰显出的无价真情
雷声隆隆　驰过长空
那是救援大军
在行进

芦山　请记住
你们的后面
有党　有人民
十三亿双眼睛
在关注你们
十三亿双手
在帮助你们

有"5·12"的经验
你们的家园
将会建设得
更加美丽迷人

闪电划破云层
在黑暗的时候
芦山啊　你要看到光明
雷声隆隆　驰过长空
那是在宣示
我们战胜灾难的决心

（原载《怀化日报》，2013 年 5 月 2 日）

你是小溪

——给最美的女教师张丽莉

李鹊起

你是小溪　纤尘不染　清澈见底
小鱼小虾　在你怀里
活泼成长　快乐游戏
穿过密密丛林　走过青青草地
你给人们　送去　春天的消息

啊　丽莉
你把学生　当成妹妹　弟弟
他们进步　你　欢喜
他们出错　你　着急
为了帮助他们　你每月
拿出工资的　十分之一
尽管你的工资　很低　很低
你爱他们　他们爱你
你们　心连心　臂挽臂
一起收获　一个又一个　胜利

你是小溪　默默无闻　平凡朴实
但在紧急关头　也能　惊天动地
前方告急　河床陡坠　壁深千尺
你纵身跳下　瀑布凌空直立

雷霆万钧
爆发出　原子裂变的　威力
飞珠溅玉
绽放出　白云一般的　美丽
你粉身碎骨　全不畏
真令人　回肠荡气

五月八日　将永远刻入
人们的记忆
傍晚　佳木斯　太阳沉西
学生放学回家　路上行人如织
就在这时　车祸的魔鬼
正向几个学生　进逼
千钧一发之际
丽莉啊　你将自己的一切　忘记
救学生　成了你的　唯一
你猛冲过去　用全身之力
将同学们推出了　死神的　重围
而你却倒在　血泊里
浑身是伤　双腿被碾压成泥
鲜血　染红了　佳木斯的　土地
巨大的伤痛　让你长时间　昏迷
昏迷中　你仍在喊　先救学生
你还是　忘掉了　自己
你用　你的爱心
你的品质　你的身体
为护卫　学生的　生命
筑起了　一道铜墙　铁壁

你的英雄事迹

震碎了网络　惊呆了媒体
兴安岭　向你敬礼
黑龙江　为你哭泣
全国人民　都沉浸在
感动的　泪水里
长江黄河高呼　向你学习

感谢你啊　黑龙江　佳木斯
英雄的故里
感谢你啊　大庆师院　哈师大
英雄的母校　母校的中文系
感谢你啊　张爱东
英雄的父亲　我的好兄弟
是你们　联手合力
培养出了这株　英雄的茉莉
感谢你啊　优秀的医疗团队
是你们　将英雄的生命
从死亡的　谷底
一点一点地　托起

丽莉　你不孤寂
在你面前有　欧阳海　刘美俊
戴碧蓉　向秀丽
在你旁边有　青州战士沈星
鞍钢工人明义
雷锋是你的好兄弟
我们的祖国
因为有了你们而强大
我们的民族
因为有了你们而瑰丽

丽莉　我在遥远的湘西
向你致意
看了你的事迹　我流泪
想起你　只剩半截身体
要坐轮椅　我唏嘘不已
车祸　压碎了你　高挑的美丽
压碎了你　人生的花季　多可惜

但你千万别泄气
有党和人民的关怀
有家人的全力支持
有医护人员的努力
你一定能渡过难关
创造奇迹

你还有双手　可以用它
培育满园桃李
抒写人生诗意
我们是同行　希望有朝一日
我们能面对面地　切磋教艺

丽莉　你是小溪
大海　才是你的　目的地
那里　彩霞与海鸥齐飞
海水同蓝天合一
波澜壮阔　无边无际
那才是　自然之神的　大手笔

我多么希望

祖国的高科技　能还原你
高挑的美丽
我殷切期盼
你的双臂　能变成　双翼
载着你　一飞万里

你是小溪
你的腾空而下的　瀑流
将不断地　把我的灵魂
冲洗

（2012 年 5 月下旬写于怀化市三中，5 月 31 日定稿于病室，载于《边城晚报》，2012 年 6 月 15 日）

踩着风火轮出征

——写给护士的诗

❖李鹊起❖

前方　电闪雷鸣
生与死搏斗　进入白刃
你们　踩着风火轮
庄严出征

用顽强　用坚韧
驱走狰狞的死神
用速度　用激情
救起受伤的生命
用爱心　用温馨
焐热冰冷的心灵

踩着风火轮出征
你们是救死扶伤的
排头兵
送走了一个又一个
让人揪心的黑夜
迎来了一个又一个
让人开心的黎明

踩着风火轮出征

你们是一团
燃烧的火焰
给人带来了
温暖和光明
你们又是一朵
圣洁的白云
给人带来了
晶莹和宁静

踩着风火轮出征
你们的青春
在奔走中绽放
你们的价值
在劳累中提升
待病人　胜亲人
啊　护士小姐们
我向你们致敬

（原载《怀化日报》2016 年 12 月 19 日，2016 年 12 月 10 日写
于怀化一医肝胆外科 22 床）

祖国有景

铁树开花之谜

李鹊起

铁树这位客人，第一次撩动我心灵门帘的时候，我还是一个少年。那时中华人民共和国刚成立，我正提着竹制的小书篮，进出湘中农村一所小学的校园。渡江南下的解放军，给学校带来了一些北方根据地的革命歌曲，让我们这些孩子感到新鲜。其中有一首至今还萦绕在我的心间："……报了仇，申了冤，千年的铁树开了花，万年的磐石把身翻。"就是这首歌，给我送来了第一张铁树的名片。但铁树的尊容怎样，芳姿如何，开花为什么要千年，这对我来说，完全是个谜，我只能凭着自己的浅陋和无知去想当然。铁树要千年才开花，实乃迷惑人的模糊概念。树都活不了千年，花又怎能奇迹般出现？

十年过去，转眼到了 1959 年。这时我已是一个青年，就读于省城的一所师院。九月的一天，我从南院来到北院的行政楼前，只见一株树在花坛里边亭亭玉立，青春靓丽若处子，端庄高雅似天仙，而树上挂的牌子醒目地写着"铁树"，我立时傻了眼。铁树的真面目终于在我的脑海里还了原。自此我爱上了铁树，与她结下了不解之缘。每每看到铁树，总是驻足流连。

铁树的叶，像一片片放大的孔雀的屏羽那样美和艳。她的茎，像古代武士一样充满了正气与尊严，虽然伤痕累累，却仍然铁骨铮铮地撑起一片春天。铁树还是最古老的植物家族中的核心成员。她从出现到现在已有三亿多年。三亿多年，多少物种已销声匿迹，命丧黄泉，而她却经受住了自然界的种种磨炼，英姿飒爽地走到了今天。她的叶就像两面布齿的铁梳，化解着风雨的挑战，梳理着历史的云烟。不过她的花我一直未见，仍是谜团一片。

　　日月如梭，光阴荏苒，不知不觉，到了1999年。这时我已进入老年，正服务于怀化三中这所省重点中学。七月的一天，妻子告诉我，学校的一株铁树开花了，就在科教楼前。我立即跑步赶去，果然奇迹在这里出现。一个献给新千年的布满暗花的金色绣球，比篮球还大，正沉甸甸、金灿灿地躺在那株铁树翡翠般的羽叶中间。我顿时感到全身血管都被激动所霸占，整个世界都被喜气所填充，只觉得祥云朵朵飞蓝天，瑞气道道满校园。

　　我知道，那绣球只是铁树的一个花苞，要她开放还得过些时间。于是我每天都像朝圣一般前往观看。经细察，那暗花实乃花瓣重叠于表面所形成的图案。九月末的一天，我来到绣球前，只见小手似的花瓣终于绽开，像婴儿般甜睡的绣球，睁开了凤眼。也许她也想看看我们五十周年国庆大典。透过花瓣之间的缝隙，我看清了里面，大部分的空间都被小手的手臂所挤占，手臂之间有许多小红点，那是一粒粒的种子，但是大的只有五粒，大概只有她们五位能承担传宗接代的任务。这年年底，澳门回归祖国，神舟一号上天。双喜临门，举国同庆。欢喜之余，我又去看那绣球。只见那弯向球心的手臂，都有序地退到了周边，并齐刷刷地伸直，指向蓝天。宁静的球体，变成了热烈的群众场面，仿佛她们也在为我们的喜事振臂欢呼，放声呐喊。这种热烈的场面，一直保持到第二年夏天。这时已擂响了西部大开发的鼓点，向西部进军的号角响彻云天。

　　我校的铁树有数十株，为什么单单这一株开花能领先呢？我想起来了，这株铁树原来是用一个陶缸养的，放在我的办公室前，先后养了十多年。后来科教楼建成，在楼前修了个花坛，于是便将她移栽到里边。由于解除了羁绊，回归了自然，因此她的潜力得到了尽情的发挥，才华得到了充分的施展。

　　人们告诉我，球状花是雌性的，她只是铁树花的一半。那么另一半呢？这又成了我心中的谜团。

　　时间的车轮飞转，不知不觉到了2009年。这一年我们举行了新中国成立六十周年盛大庆典。这是一个让人热血沸腾的场面：海陆空的各种方阵，整齐划一，雄壮威严；南北中的各省彩车，风格迥异，精彩无限。加油机、预警机、载人航天飞船，表明我国的航天技术，世界领先；奥运会、世博会，战胜金融海啸，显示我国的综合国力，强大空前。这是每一个中国人最开心的一天。喜悦流淌在我们的脸上，自豪澎湃在我们的心间。

国庆当天下午两点，乘着看阅兵仪式的余兴，我信步来到学校的后山花园。只见绿草芊芊，红花艳艳。让我惊讶的是，日思夜想阔别十年的铁树花，又在这里见了面。仿佛她们也知道我们正在举行盛大庆典，要表达她们的良好祝愿。在草地西边，一株青绿的铁树捧着一团球形花开得正欢。球的外面，小手似的花瓣，片片展开，朵朵金黄；球的里面，玛瑙似的种子，粒粒饱满，颗颗椭圆。花的直径超过半米，玛瑙似的种子有半篮。这是何等隆重的礼物，这是多么伟大的奉献。更让我欣喜的是，离雌花不远，另一株铁树擎起一个巨型的玉米棒，直指蓝天，仿佛一座丰碑，要把一个伟大的时代纪念。那是一株雄花，一朵朵花瓣，就像一粒粒玉米，黄澄澄，金灿灿。夫妻同开，就像两朵并蒂莲。这两棵树，原属于不同的苗圃，都是盆栽，拥有的都只有瓦钵那么大的地盘。十多年前，这里建园，花工将她们买来移栽于此，为她们的发展，提供了非常广阔的空间，创造了十分优越的条件，也成就了她们的美好姻缘。

铁树是一种热带植物，喜暖畏寒。她的开花，在热带很普遍，越到北边越难。北方人说铁树开花要千年，这反映了当地的地域特点。湖南不处热带，铁树开花也很少见，为什么十一年内它的开花竟两次出现在我的面前，而且都在国庆这个重要的时间点？这中间有什么奥秘，有什么深意，这对我来说又是一个谜。经过仔细思辨，谜底终于在我脑海里出现：她是用她的形象与体验告诉我们，自改革开放后，中国这株铁树开花了，在改革开放东风的吹拂下，中国正显示出她的智慧与美艳、强大与威严。

是的，古老的中华民族这株铁树开花了，她开得如此辉煌，如此灿烂！让世界瞩目，让全球惊叹！

等这一天，从唐宋盛世算起，我们等了一千年！

（原载《怀化日报》，2013 年 3 月 17 日，本文于 1999 年开始构思，2009 年写成于怀化市三中）

从地狱到天堂

李祺璠

在一个炎炎夏日，我们一大家子回了一趟老家。

老家是爷爷出生的地方，在隆回北面的山区，很偏僻。我以前虽然回去过，但因年纪小，没有什么印象和感受。据爷爷说，新中国成立前那里很穷，交通很不方便，而且土匪多。

"要进地狱啦！"我们租的中巴车出怀化城不久，不知哪个调皮鬼突然喊道。我吓了一跳。一看前面，原来是要进隧道了。那黑森森的隧道口，倒真有点像进地狱的门。不过隧道里却一点都不阴森，有灯光，亮堂堂的。车子在里面就像行驶在热闹的大街上一样。这里是分水坳隧道。如果爬这座山，开车也需要几十分钟，而且会累得气喘吁吁，现在采用孙悟空的"钻肚术"，车子只用了几分钟便穿过去了。

车到新路河，一座大桥横躺在沅水之上，车子一下便过去了。而以前这里是没有桥的，要等渡船来拉，一等就是半个小时，而且要交钱。车过新路河后沿活水而下，便到了龙王爷住的深潭——龙氵云。龙氵云是个乡级镇，却有着县级镇那样的热闹。房子很多，而且修得很精美，让我感到它就是一座龙宫。在一个广场上，我看见一条栩栩如生的龙正沿着一根柱子往上爬。这柱子大概就是定海神针，当年曾被孙悟空拿去降妖除魔，大功告成后又物还原处了。

从龙氵云出来后，车沿着盘山公路一圈又一圈地往上爬。这座叫青山界的山可真高啊！不知爬了多少圈才到半山腰。往下看，山下的房子已经变得很小了，人就像蚂蚁一样小。可抬头看山顶，还是不见庐山真面目，云雾将它遮住了。好不容易爬到了山顶，出现在眼前的一切，不禁让我大开眼界：云雾在脚下飘动，房屋就像船一样浮在云海上，我仿佛到了孙悟空闹过的天宫。这是隆回与溆浦的交界处——小沙江。山下已炎热难受，这里却清凉宜人。

真有意思，不到半天的时间，我们便完成了从地府到龙宫再到天庭的旅行。这真得感谢这条穿行在崇山峻岭中通向老家的柏油路。

不久我们便回到了老家——五罗。这是一个四面环山的小村庄，山上茂林修竹，青苍翁郁。由于村中有五个小山包，像五面锣，所以叫五罗。我们的车沿着乡村的水泥马路一直开到四爷爷家的门口。下车一看，到处都是别墅式的小洋房，我们就像到了一个避暑胜地。走进四爷爷的小洋房，我们就像进了一座豪华宾馆。一色的铝合金玻璃窗，地面上镶着木地板，漆得铮亮，有大彩电、洗衣机，床上有席梦思床垫。自来水进屋，有水冲式的卫生间。楼房三层，一共有500多平方米。四爷爷给我们准备了一桌丰盛的午餐，有些菜是城里的大席面所没有的。看看其他农民的生活都和四爷爷差不多。现在的农村真的变成了天堂。

在老家我们拜访了一些亲友，并去看了曾祖父、曾祖母的墓，之后便乘车返回。在车上爷爷告诉我：新中国成立前这里没有公路，连汽车的影子都没见过。农民生活很苦，经常挨饿。饿得实在熬不过去时，就去吃一种叫观音土的泥巴，常常把人吃死了。没有房子住，就搭个棚子盖上稻草来住。有的甚至住在废弃了的烧瓦窑里，黑咕隆咚的，像个地狱。日军打来的时候就更惨了，见人就杀，见东西就抢。那时的农村与现在比，真是天壤之别。

傍晚时分，我们回到了怀化。真过瘾啊，短短一天，我便领略了从地狱到天堂的奇特景观，更让我感受到了祖国的巨变。真应该感谢我们伟大的中国共产党，是她带领我们走出了地狱，走进了天堂。

（原载《怀化日报》，2013 年 10 月 8 日。初稿写于 2007 年读小学五年级时，2013 年 9 月在怀化市三中读高二时修改）

一只孔雀的故事
——湖南怀化市三中"涅槃"记

❦李鹊起❦

五四运动期间，郭沫若写了一首很有名的诗，叫《凤凰涅槃》。诗中叙述了凤凰"集香木自焚，复从死灰中更生"的故事，表达了作者当时希望我们的祖国通过一场革命而获得新生的愿望。"涅槃"一词是佛教用语，指所幻想的超脱生死的境界。由郭沫若的《凤凰涅槃》我想到了怀化人引以为傲的一所学校——怀化市三中，想到了三中的巨大变化。1977 年以来，三中由丑小鸭变成了美丽的孔雀。把这种变化称为"涅槃"大概不算过分吧。不过促成这种"涅槃"的原因，倒不是由于革命烈火的焚烧，而是由于改革春风的吹拂。

一、破壳

孔雀要出生，首先必须啄破蛋壳。只有破了壳，才能出壳，进而成长。

促成三中这只孔雀破壳的关键因素有两个：其一是招生制度的改革。"文化大革命"中实行的是推荐保送进大学的招生制度。只要关系拉得好，后门开得了，交白卷都可以进大学，哪还要读什么书呢？因此，老师教书无劲，学生读书无心，学校名存实亡。1977 年根据邓小平同志的指示，恢复高考，要大家凭真本事进大学。这一下便把三中师生的精神振奋起来了，把他们的积极性调动起来了。荒芜的校园一下子恢复了勃勃生机。高考的恢复，为三中彰显其英雄本色提供了一个舞台。

其二是省重点的确定。1978 年三中被确定为湖南省重点中学。

为了使这所学校能够成为名副其实的省重点学校，省、地、市教育行政部门加大了对该校的投入力度，加快了建设该校的步伐：调整了领导班子，充实了教师队伍，并且在短时间内修建了一栋1 000多平方米的三层实验楼。省重点的确定使三中的命运发生了180度的大转弯，为三中的腾飞修起了一条跑道。

三中这只孔雀破壳的时间是在1979年。这年的高中毕业生恰是1977年恢复高考的时候进校的，因此，这年的高考是各校教学力量的一次真正较量。三中交了一份令人满意的答卷。该校的高中应届毕业生陈乐平同学一举夺得湖南省高考理科状元。当年湖南参加高考角逐的中学有几千所，考生有几十万人，在强手如林的情况下，理科状元的夺得，使三中名声大振，也说明三中这只孔雀已啄破了壳，探出了头。

二、脱壳

20世纪80年代初，三中学生便从旧的教学楼里搬进了新的教学楼。旧的教学楼是1958年修建的，砖木结构，老式设计，两层，共16间教室，已很破旧。新修的两栋教学楼有三层共24间教室，设计合理，质量优良，在两栋教学楼之间还修了一个与教学楼等长的矩形池塘。池塘中间从北到南修了有栏杆的水泥桥。桥两边的池塘中间有两个圆柱形的绿化坛。站在楼上，俯视池塘，只见荷叶田田，荷花点点，两岸玉兰幽幽，垂柳依依，充满了诗情画意，令人赏心悦目，真乃读书胜地。

接着三中学生又从旧宿舍搬进了新的学生宿舍楼。三中原无学生宿舍，所谓的学生宿舍就是一些旧教室；三四十人同住一室，楼内无卫生间，门窗都已破损，小偷白天黑夜都来光顾，还要遭受漏雨被淋之苦。新学生宿舍楼呈"工"字形，以砖砌墙，用钢筋水泥打制地面和屋顶，既牢固耐用，又美观大方。全部是开放式的走廊，两面开窗取光。每间房最多住10人，且有10个放行李的搁板。每层都有卫生间、水房和可上锁防盗的铁门。新宿舍楼每层20间，共4层，可供800名学生住宿。学校还修了一个大型运动场，有可供8

人同时跑步的四百米跑道；还修了一栋造型美观别致的办公楼，这栋楼有一个可存放 50 万册图书的大型书库，有一间可供 200 多人读书看报的阅览室，有 30 多间办公用房，各处室、教研组都可集中于此办公；还修了两栋带厨房、卫生间的教工宿舍楼，有住房 48 套，其中 24 套是 70 多平方米的；还修了可供 800 人用餐的大礼堂和配套厨房；还修了一个校办工厂。所有的房子都排列整齐，横竖成行，运动区、教学办公区、生活区、生产区，界限分明。到了 20 世纪 80 年代末，新建房子十余栋，建筑面积达 20 000 多平方米。原有的两栋 2 000 多平方米的旧房成了堆放杂物的地方。一所崭新的具有现代气息的学校在三中的旧址上诞生了。三中这只孔雀脱壳了。

随着校园建设的改观，三中的教育质量也上来了。每次统考，三中的成绩在地区均名列前茅。继陈乐平之后，又出了蒋立、申俊、张明华、周丹、陶武彬等一批以高分考上清华、北大的学习尖子。同时这里每年都有音、体、美的特长生考入高校。鉴于该校体育教学成绩卓著，体育设施齐备，因而被定为湖南省体育传统项目学校和军训试点学校（军训试点学校全省一共只有四所）。

三、开屏

如果说 20 世纪 80 年代是三中这只孔雀脱壳而出，长出美丽的羽毛的时候，那么 90 年代则是她展开绚丽尾屏的时候。这个时候三中不管是在校园建设方面还是在教育质量提高方面都有新的重大突破。促成这一突破的关键因素是湖南省教委采取的省重点中学重新评估挂牌的举措。90 年代在校长陈远规、书记李述景等一班人的带领下，三中加大了软硬件建设的力度。

这只孔雀是怎样展开美丽的尾屏的呢？

尾屏之一是科教楼的修建。科教楼是在红砖楼的旧址拓址修成的。开工于 1993 年，竣工于 1995 年。楼高六层，总面积 6 000 多平方米，全部用白瓷砖贴面。它的长度相当于与它隔坪相对的一字摆开的教学楼与办公楼的总长，它的总面积超过了三中所有的教学、图书和办公用房面积的总和。它巍如山峦、洁如玉壶，是三中建筑群中的压轴之作。它坐落在三中建筑群的最南边，就像三中这只头朝北的孔雀展开的尾屏。

尾屏之二是三栋教工宿舍楼的修建。三栋教工宿舍楼，一栋四层，两栋五层，合计64套住房，其中90平方米以上的有40套房，这就从根本上解决了教师的住房问题，稳定了教师队伍。

尾屏之三是电教设备的上马。学校设了中心演播室，开通了到每个教室的闭路电视。每个教室都有彩色电视机、录音机、幻灯机和银幕。中心演播室可以将老师讲课的音像和录像带中的音像传送到每一间教室。当天的《新闻联播》和电视节目，教室里都可以进行收看。这就给每一间教室增添了一个多彩的音像世界。电教设备的上马为三中的教学展开了一个美丽的尾屏。

尾屏之四是校园的美化。校内的空坪隙地都植上树、栽上花、种上草，精心设计出各种美丽的图案。走进三中校园，你会看到一个个艺术图案，你会体会到一种艺术韵味，得到一种美的享受。这里有引蝶朝来暮往的花池，有令人心旷神怡的草地，有状如宝塔的雪松，有形似烟柱的喷泉，有亭亭玉立的蘑菇亭，有凌空欲飞的大雕塑，有金菊编成的一个个花环，有青草凝成的一块块翡翠。

尾屏之五是教育质量的提高。1992年三中的李燕在全国中学生田径运动会上连夺两枚金牌。1992年、1994年在全省的军训考核中，三中夺得队列、射击、团体总分等多项第一。1996年高考，三中本科自然上线人数创怀化地区最高纪录，被地区给予重奖。1995—1996年连续两年以高分考入清华、北大的方旻、向杰、李燕、余兢克、刘建北、刘娟、张铁等同学进校后表现出了很强的竞争实力。李燕、余兢克在清华被选为班长。刘娟在北大被选为系文艺部部长，张铁在北大 1997 年上学期末的期考中夺取了所在文科实验班的第一名。1997 年三中学生乐队在省器乐比赛中获一等奖。

20 世纪 90 年代前后参加省教学比武的李波、满丽萍、梅光竹、刘红宇、向旭光等老师均获一等奖。这些振奋人心的成绩是三中教育质量所展开的一个美丽的尾屏。

三中这只孔雀诞生了！三中这只孔雀开屏了！她是如此绚丽、如此迷人，她是由改革的春风孵化出来的，她是按邓小平同志的教育思想塑造出来的，她是被经济发展的浪潮催生出来的！

如果说郭沫若的《凤凰涅槃》是呼唤革命的诗篇，那么三中的"涅槃"乃是三中人谱写的一曲高昂的颂扬改革的赞歌！

啊！三中，你真美！

（原载《中国当代改革者·改革创业篇》，由中国文联出版公司于 1998 年 8 月出版）

厨房之乐

李鹊起

搬入新家，走进厨房，和谐之感，愉悦之情，油然而生。

要问：此种良好的心情从何而来？答曰：设施的改善、功能的提升使然。新家厨房的设施，让我百看不厌、百摸不烦的有三：

一是炉灶。搬家后我用的是燃气灶和电磁炉。它们的特点是小巧精致。就拿燃气灶来说吧，买来时用一个长方形的纸盒装着，就像一个薄薄的手提箱。长不过60多厘米，宽不过30多厘米，高不过10多厘米，重不过几公斤，提起走路，轻松自如。而火力则很足，蓝色，无烟，油下锅只要几秒钟就会炸响。至于电磁炉，那就更小了，不到燃气灶的一半，看上去就像一本稍大点的相册。而它的火力比燃气灶更足，无明火，更无烟，可达两千多度，油下锅立刻就会响。它们的造型也是很讲究的，十分精致。而旧居用砖砌的柴煤两用灶，则是个庞然大物，又大又笨又丑，两者之间有天壤之别。

二是橱柜。厨房是物资的消耗地，也是物资的集聚地。碗筷杯碟，锅桶盆瓢，在这里落脚；柴米油盐，酱醋菜茶，在这里安家。旧居的厨房，因无储物设施，常常物满为患：一大半为炉灶柴煤所盘踞，一小半被盆桶坛罐所瓜分。留给人活动的地方则十分有限，常常要见缝插脚。搬进新家后，我利用炉灶腾出来的空间，沿着厨房的北墙与东墙，用预制板砌了一组半人高的橱柜。这组橱柜可了不得，就像肚里可撑船的宰相，有海纳百川的雅量。大大小小的餐具炊具、长长短短的干菜鲜菜、挺着肚子的气罐水罐、张着大口的米缸油缸，一句话，所有的器皿和物资，我通通将它们请进了柜。柜顶我也没让它闲着。燃气灶、电磁炉、电饭煲，在上面安营扎寨；白米饭、红烧肉、南瓜汤，在上面腾气飘香。这位"宰相"可真尽责，肩挑烹调重任，腹藏厨房乾坤。由于炉灶体积小，橱柜容量大，不大的厨房也显得宽敞。整个厨房都为人所主宰：柜前是脚活动的场所；柜顶是手操作的平台。厨房功能大大提升。逢年过节，亲戚朋友聚会，50多人的饭菜，也能凑合着在这里弄出来。

三是墙壁。旧居的墙壁，虽也用石灰粉刷过，但经过长期的烟熏火燎，已黄中带黑，污垢遍体，面目全非。在里面，就像置身于煤巷瓦窑一般。搬进新家后，厨房的上上下下，橱柜的里里外外，我都贴上了白色的瓷砖。由于炉灶用的都是清洁能源，无半点烟子，因此一年四季，瓷砖都光洁如新。在新家的厨房里，我能感受到优质玉石般的晶莹纯净，就像进了玉宇琼宫。

精致的炉灶、宰相般的橱柜、白玉般的墙壁，是它们联手打造了厨房的和谐与洁净。它们在我心中，是光辉耀眼的明星，是战功显赫的功臣。我对它们，心中常存感激之情，手上常有关爱之举。

搬入新家，走进厨房，和谐之感，愉悦之情，悄然而出，油然而生。

要问：此种良好的心情从何而来？答曰：祖国的发展、社会的进步使然。

（原载《边城晚报》，2012年7月9日）

无声的列车

李鹊起

　　一列无声的车，驰过茫茫的原野……

　　曾有过那样的岁月，思想的湖水被严寒冻结。满湖的碧波，变成了僵死的冰雪。黑的说成白，白的说成黑，很少有人去想它是否正确。

　　那时节，百鸟沉默，万花凋谢。谁说了真话，谁就有罪，谁盲从，谁就能多活些年月。迷信的风暴，在我们祖国肆虐，我们民族的智慧，在盲从中衰竭！

　　可这一切的一切，都悄悄地过去，轻轻地退却，没有震耳的呐喊，没有残酷的流血。一场关于真理标准的平静讨论，便融化了这满湖的冰雪。看今日，湖水晶莹澄澈，白帆点点，锦鳞出没，碧波荡漾，涟漪叠叠。

　　一列无声的车，驰过茫茫的原野……

　　曾有过那样的岁月，经济的绿洲，被野火焚灭。凶恶的烈焰，舔去了山野的绿色，只剩下烧焦的树干和残存的黄叶。

　　那时节，田园荒芜，工厂停歇，市场萧条，交通断绝。人民生活，饥寒交迫，我们的民族，经受了一场浩劫！

　　可这一切的一切，都悄悄地过去，轻轻地退却，没有震耳的呐喊，没有残酷的流血。一项关于生产责任制的政策，便把这漫天的火焰扑灭。看今日，荒坡上泛起了新绿，枯树上绽出了新叶。林木葱茏，满眼翠色。

　　看今日的祖国，贫穷在这里告别，富裕在这里安歇；电视机搬进了农舍，集市贸易好闹热！

一列无声的车，驰过茫茫的原野……

曾有过那样的岁月，知识的太阳，被乌云遮没，只剩下了茫茫的愚昧。无知被颂为高洁，有知反受尽污蔑。

那时节，读书无用的洪水，冲塌了校园的楼阙。多少有用的书籍被烧毁，多少难得的人才遭摧折。我们的历史，出现了荒唐的一页！

可这一切的一切，都悄悄地过去，轻轻地退却，没有震耳的呐喊，没有残酷的流血。一项关于招生、用人制度的简单改革，便吹散了满天的乌云，使知识的太阳重放光热。看今日，有知被尊为上客，无知受到鞭策。

看今日的祖国，书店、学校成了神圣的宫阙；学者、专家成了国家的宝贝。知识的太阳，光彩熠熠，正照着四化的骏马向前飞跃！

一列无声的车，驰过茫茫的原野……

我爱这无声的列车，她没有咄咄的气势，将大地威胁；她没有尖厉的叫声，将人心撕裂。我再不为无端的恐怖所震慑，再不为飞来的横祸所吞没。

我爱这无声的列车。她没有刺眼的颜色，她的司机，就像一位普通乘客，她的节奏，是那样的平稳、和谐。

十一届三中全会以后，我们就乘上了这列无声的车，她载着我们，奔向那未来的光辉灿烂的世界！

一列无声的车，驰过历史的茫茫原野……

（原载《海口晚报》，1996年3月8日，1984年写于怀化泸阳，原为诗，1996年2月将其改为散文）

故 宫

≪李鹊起≫

一个巨大的时代
已经沉沦
海面上只露出了
桅杆的尖顶 。
尖顶一侧
一艘崭新的巨轮
正在破浪前行

（原载《怀化日报》，2016 年 4 月 11 日，写于 1982 年，2016 年
3 月稍作修改）

北京的高层建筑

李鹊起

你是一根根
冒出地面的竹笋。
是春风驱走了
扼杀生机的寒冷，
还是春雨酥松了
禁锢生命的土层？
你终于拱破了
宫殿城堡的古老
和四合院的窒闷，
在北京上空
撑起了一个热闹的春。

到明天
你开放出朵朵绿荫，
将蓝天擦亮，
将雾霾驱净，
北京将会更加美丽，
更加年轻！

（原载《怀化日报》，2016 年 4 月 11 日，写于 1987 年，2016 年
3 月修改）

北京站

李鹊起

曾经　有一列车，
从蒙古草原开来，
载着大漠的旋风，
在这里　打造了
七百多年前的
一段神话般的精彩！

如今　有一列车，
正从这里驶出，
载着复兴的梦想，
平稳、高速，
让世界瞩目。

前方两个站：
一个叫小康，
一个叫幸福，
它将驶进
一片童话般的乐土。

（原载《怀化日报》，2016 年 4 月 11 日，写于 2016 年 3 月）

鹤 鸣 洲

◈李鹊起◈

　　鹤鸣洲是怀化城区最美、最具特色和气势、最富人气的景点之一。常年游人如潮，人山人海。它地处太平溪下游回水湾内侧的半岛上，上面花繁树茂，造型别致；建筑古朴，风格独特。听溪阁形似宝塔，高耸入云。两岸的绿化带绚丽多彩，整齐美观。洲对面有百鹤泉，相传是白鹤仙子栖憩之处。洲下有一大坝，使这里水域辽阔，如江似湖。坝下瀑布似帘，水吼如雷。

一坝端出太平湖，两岸舞起长彩绸。
阁伸天外云绕阁，洲插江心水环洲。
仙鹤亭亭泉中立，画船悠悠镜里游。
人海起潮路上涌，瀑布挟雷坝下流。

（原载《怀化日报》，2013年3月4日，写于2013年2月）

张家界

李鹊起

李白的诗句
在这里生长着
生长着……
长成了一篇
屈原的天问

金鞭溪的水
在这里流淌着
流淌着……
流进了
世界人民的心田

（写于1996年，2016年12月修改）

1962 年国庆过洪江

李鹊起

1962 年秋去靖州寨牙的深山老林中看望在那里放松油的弟弟与叔叔，回来时路过洪江，其时正值国庆。

面水依山城筑坡，
东风吹荡花卉多。
旧时渣尘全扫净，
一城红霞一城歌！

（1962 年 10 月写于怀化市黄金坳）

黄河涨水了

李鹊起

黄河涨水了，
在气候的长期干旱之后，
在历史的严重挫折之后……

黄河曾有过春潮滚涌的时候，
在甲骨文的繁密的水网里，
在先秦诸子争艳的花园里，
在秦皇汉武赫赫的战功里，
在李杜苏辛磅礴的诗情里……

可是后来干旱了，
旱得断了流，
旱得底朝天，
在鸦片的毒雾里，
在列强的炮火里，
在统治阶级的贪婪里，
在"文化大革命"的高温里……
——伤痕累累的黄河啊，
失去了原有的声威！

黄河涨水了，

在经过历史的反思之后，
在经过长期的积累之后，
在人们的热切盼望之后，
在民族的春天到来之后……

黄河涨水了，
河水漫过岸堤，
给燥热的土地，
送去了清凉；
给焦虑的人们，
送去了欣慰！

黄河涨水了，
河水浇灌着沙漠，
沙漠长出了绿洲；
河水浇灌着村落，
村落长出了高楼！
——高楼像春笋，
越长越高，
越长越多！

黄河涨水了，
河水汇合海外洋流，
在北京，在上海，
在深圳，在广州，
激起了擎天的水柱，
洒下了满地的珍珠！

黄河涨水了，
烟波浩荡，

洪浪汹涌，

肌腱的板块，

互相撞击，

像海啸，

像山崩，

产生力的裂变，

化成光的长虹，

奏出了时代的最强音，

推动着历史

滚滚前进的车轮！

黄河涨水了，

黄河龙在腾飞，

飞向大洋，

飞向宇宙，

飞向未来的世纪，

要在广阔的空间里，

大展雄姿，

要与众多的对手，

一比高低！

（原载《海口晚报》，1995 年 12 月 29 日，1995 年 10 月写于怀化市三中，2016 年 12 月修改）

校园诗草

❦李鹊起❧

黑板
一个幽深的窗口
可以眺望
远古的缥缈
宇宙的奇妙

电铃
你用细密的针脚
装订着学校的生活

操坪
一块砥石
将生命的锋刃砥砺

校门
吞进的是饥渴
吐出的是
沉甸甸的收获

（原载《海口晚报》，1996 年 4 月 10 日，1994 年写于怀化市三中，2016 年 12 月修改）

民 族 有 魂

冬 云 吟

李鹊起

1962 年隆冬
天空布满了云
一个伟人
在回顾往昔，总结人生

因为头天晚上工作到天快亮的时候才睡，所以快到中午时，毛泽东才醒来。起床后，他草草地吃过早点，便在菊香书屋开始阅读和工作。书案上有一本素有"史家之绝唱，无韵之离骚"之称的《史记》，立刻吸引了他。《史记》可借鉴的地方真是太多了，他便随手翻开来看。呈现在他眼前的是《李将军列传》。这篇列传记载了汉代名将李广的事迹。他记得《滕王阁序》中曾有"李广难封"一句，于是便饶有兴趣地看了起来。从文中他了解到"李广难封"是由李广的曲折经历造成的。当看到李广射虎一段时，这引起了他的思考。"广所居郡闻有虎，尝自射之。及居右北平射虎，虎腾伤广，广亦竟射杀之。"他觉得《史记》中的李广射虎，比《水浒传》中的武松打虎来得真实。李广为虎所伤后仍坚持将虎射死，其精神实在让人钦佩。

由李广的射虎，毛泽东想到了自己少年时与老虎的一次相遇。那天他去山上砍柴，挑着柴回家经过虎歇坪的时候，天已黑了。忽然，他看见前面有两个亮点，像打着两个手电筒。仔细一看，是一只老虎。但他并不慌张，他想起了大人们说的话："老虎咬东西的时候，先要比试比试，看它张口能不能咬得住，对于张口咬不住的大东西，它是不敢去吃的。"于是他戴上斗笠，以放大他的头部，并把肩上挑着的两捆比他的身子大得多的柴打横对着老虎，这样，在老虎的眼里，他便成了三头六臂的巨人。老虎站着思考了一会儿，觉得这样的巨人，它是不能去侵犯的，于是转身步入路边的丛林走掉了。从这件事毛泽东得出了一个结论：只要有好的策略，有不怕虎的心态，人是能战胜老虎的。

这时，他抬头看了一下摆在书案右角的台历，得知今天是1962年12月26日。他记起来了，这是他七十岁的生日。接着他想，这几十年来，自己何尝不是在一次又一次与各种各样的老虎的搏斗中挺过来的呢？迎着困难上，迎着敌人上，迎着危险上，"明知山有虎，偏向虎山行"，他的处世哲学就是这样的。

封建王朝这只生长了几千年的老虎，不可谓不凶。他身为一介书生，中断学业，投笔从戎，参加辛亥革命的起义，冒着杀头的危险，硬是将这只老虎擒住，关进了笼子。

日本帝国主义这只老虎，野心不可谓不大，手段不可谓不残酷。它妄图吞并中国，采取了"三光政策"。毛泽东从容面对，与中国军人一起，深入敌后，狠击日军，终于使这只老虎跪地投降。

蒋家王朝这只老虎，不可谓不恶。在腥风血雨中，毛泽东并不慌乱，提出枪杆子里面出政权，带领共产党建立了自己的武装，从小到大，从弱到强，以农村包围城市，终于将这只老虎赶出了中国大陆。

中华人民共和国成立以后，美帝国主义这只老虎，不甘心在中国大陆的失败，从朝鲜登陆，狂妄至极，想一口吞下年轻的新中国。它打着联合国的旗号，其来头不能说不大；它投入了攻破希特勒坚固防线的精锐部队，其实力不能说不强。对于这只老虎，连斯大林都怕它三分，而既无空军又无海军的毛泽东，却硬是不怕，果断决策，勇敢迎战，终于把这只老虎打得焦头烂额，赶出了三八线，迫使它坐下来签订了停战协定。

1959—1961年，连续三年，我国正逢困难时期，物资非常缺乏。

而苏共中央这只老虎在企图控制我国海军的阴谋失败后，恼羞成怒，擅自撤走苏联专家，逼着我们还抗美援朝的债务。为了祖国的主权和尊严，毛泽东宁可三年不吃肉，也不肯在这只老虎的讹诈下后退半步。他深信有着"明知山有虎，偏向虎山行"的大无畏精神的中国人民一定能战胜苏共中央这只老虎带来的困难，也必将战胜未来道路上所遇到的任何强大的敌人和不可避免的各种灾难。

想到这里，毛泽东抬头看了一下窗外。只见彤云密布，雪花纷飞，万物凋谢。但不远处一株梅花傲霜斗雪开得正欢。再看路上的人们个个精神抖擞，身上冒出丝丝热气，匆匆前行。是的，他们正在努力克服困难，迎接春天的到来。于是他铺纸握笔，写下题为"冬云"的七律一首：

> 雪压冬云白絮飞，万花纷谢一时稀。
> 高天滚滚寒流急，大地微微暖气吹。
> 独有英雄驱虎豹，更无豪杰怕熊罴。
> 梅花欢喜漫天雪，冻死苍蝇未足奇。

写完诗后，毛泽东又翻了一下《李将军列传》。看到了李广以石为虎的句子："广出猎，见草中石，以为虎而射之，中石没镞，视之石也。因复更射之，终不能复入石矣。"这又引起了他的思考。当李广认为是老虎的时候，他的箭能射进石头里去；而当他看清了不是老虎的时候，他的箭却怎么也射不进石头里了。这说明敌人异常强大，才能使自己的潜力得到超常发挥。从这点来看，他认为应该感谢那些对手，是他们的强大和凶狠，使他的智慧发挥到了极致，使他的人生变得充实而亮丽。

晚餐时间到了，工作人员端上了一盘白菜、一盘萝卜、一盘豆腐，豆腐的存在，使他觉得这七十大寿盛宴的档次已经很高了。他便与身边的几个家人围桌而坐，津津有味地吃了起来。他必须吃饱，因为明天还有繁重的工作等着他去做。他深知自己是中国人民的儿子，自己的生命属于人民。

《冬云》一诗自写成到现在已有 51 年了，但它现在仍然在震撼着我们、激励着我们。毛泽东永远是我们航行中的灯塔，是我们心中的红太阳！

> 吟哦冬云　　眺望伟人
> 傲霜斗雪　　驱虎逐豹
> 屡战屡胜　　大智大勇
> 遍览中外　　通晓古今
> 襟怀若谷　　豪气如虹
> 一身正气　　两袖清风

（原载《怀化日报》，2013 年 12 月 28 日，2012 年 12 月写于怀化市三中，2013 年修改）

天骄梦

李祺琦

红日东升，霞光万道。一列骑兵像旋风一样卷过草原。一只大雕横穿长空，冲在最前面的统帅举弓箭出，大雕应声坠地⋯⋯

在去内蒙古的飞机上，我的脑海里浮现出成吉思汗弯弓射大雕的场景。成吉思汗是一个给世界、给历史留下了深刻记忆的英雄。正是由于对他的崇敬与仰慕，才促成了我这次内蒙古之行。我决心到内蒙古草原上去探寻他的遗踪，去研读他的人生。

首先往海拉尔前进。海拉尔区的路灯是马头琴状，风吹过似乎能飘出悠扬而渺远的琴音。区中心伫立着一尊成吉思汗塑像，他跨坐马上，雄姿英发。骏马扬起前蹄，有一种随时可以如箭射出的姿态。主人和马一样有种傲然的自信，有种统领草原的雄霸之气。晚餐是吃涮羊肉。据说，成吉思汗为了让士兵在冰天雪地的野外能吃上热气腾腾的食物，便支起一口大锅，将里面的水烧得滚开，再将切成片的羊肉放在里面烫熟，随熟随吃。成吉思汗的这种饮食文化演变到现在，便是餐桌上的涮羊肉火锅。为了让士兵有强健的体魄，他要士兵大碗喝酒，大口吃肉。于是我们也学着成吉思汗的样子，来一个大碗喝酒，大口吃肉。

下一站是呼伦贝尔。要坐一个多小时的车。下大巴后迎面而来的便是绿草的清香，这里空气十分清新。仰望天空，大朵大朵的白云正在蓝色幕布下休憩。时而飞过头顶的苍鹰会把你的目光带向那很高很远的青天，让你心中涌起"弯弓射大雕"的豪情。好一个天苍苍野茫茫！眺望远处，绿波千里，一望无际。那青草似乎在昭示着生命的永恒与繁茂。连天碧，蓝如海。这绿色似乎可以为我们洗去满身风尘。

羊群如流云飞絮，牧民挥着鞭子，吆喝声回荡在草原上空。微风掀起衣襟才让我意识到自己并非身处画中。也许正是这辽阔无边、美丽如画的草原孕育出了成吉思汗宽广的胸怀、高远的目光、坚毅的品格。跟着导游走向旅游景点，星星点点的蒙古包坐落在苍茫的草原上。牧民热情地给我倒上热腾腾的奶茶："慢点喝喔，这么好喝的奶茶只有这里才有！"他们的汉语不太熟练，我却听得心里暖暖的。喝罢，我感谢了他们的款待，他们黑红的脸庞上露出朴实的笑，说："感谢长生天！"

与其他很多地方一样，内蒙古也有在景点开的当地文化小课堂。我过去时已经开讲了。主讲者身着蒙古袍，正在给我们讲成吉思汗。这下我可来精神啦，成吉思汗不正是我来草原的原因么？随着主讲者的声音响起，原本有些喧闹的蒙古包顿时安静下来，在平和的声音里我仿佛看见遥远的过去——

我看见三岁的他独自踩着奶桶爬到一匹烈马背上，在草原上自由驰骋，他的家庭特别和美，父母站在一旁欣慰地看着；

我看见十岁的他在大雪纷飞的深夜里，凭着坚忍不屈的精神，以惊人的毅力捕捉了一只公鹿，让饥寒交迫的家庭支撑下去，而那时，他父亲已被敌人杀害，部族瞬间成了一盘散沙；

我看见二十多岁的他有了纪律严明的军队，有了能力超凡的助手和朋友，"十三翼之战"的失败不能阻止他向前，他重整旗鼓，走向为父辈报仇和统一草原的路；

我看见四十多岁的他统一了蒙古草原的各部落，建立了大蒙古国，被大家推举为汗；

我看见六十多岁的他带兵征讨西夏，终于歼灭了西夏主力，就在这时他病死在前线的军营里……

从蒙古包低矮的门出来后，我深深地被他的事迹所感动。是什么力量推动他在人生的道路上走得如此之远、登得如此之高呢？是梦的力量。建立一个强大的国家是他一生的梦想，是他一生为之奋斗的目标。是强国梦让他学会了强军，他的铁骑，纵横欧亚，所向披靡；是强国梦让他学会了勇敢，南征北战，东讨西伐，他总是冲锋在前；是强国梦让他学会了坚强，不管遇到了多大的挫折，他都不灰心、不气馁，稍作休整又继续战斗；是强国梦让他学会了团结，他团结自己的军队、团结自己的人民，从而形成了强大的国力；是强国梦让他学会了包容，他允许不同的宗教信仰、不同的民族风俗、不同的生产方式同时存在，从而保证了社会的兼容与和谐；是强国梦让他学会了分化，对于强敌他采取分化瓦解、各个击破和里应外合的策略，因而战无不胜、攻无不克；是强国梦让他学会了环保，他不准破坏草原、不准破坏森林，在他手上退耕还林、退耕还草的面积，是世界各国历代领导人中规模最大的，以至受到了西方人士的赞扬；是强国梦打开了他的智慧与力量的闸门，使它们奔腾而出，形成了一道无比壮丽的人生景观。

蒙古人信仰长生天，认为天神是至高无上的，他们的首领都是天神派来的，是天神的儿子。而成吉思汗干得那样出色，因此他是值得上天骄傲的儿子，于是便有了"一代天骄"的说法。但是我要说，他不仅是天骄，更是中华民族的国骄。他为元朝的建立打下了坚实的基础，为中国的统一作出了卓越的贡献。

暮色苍茫，草原上远远走来一列士兵，他们手持弯弓，腰佩长剑，表情凝重，眼里充满悲伤。队列中有一辆巨型牛车，上面载着成吉思汗的灵柩……坐在由内蒙古返回的火车上，我的思绪回溯到1227年那个举国悲痛的日子……灵车缓缓地移动，终于消失在草原的深处，消失在历史的深处……

大概是成吉思汗交代他的部下与后人不要给他建陵墓，他认为人来自自然，也应回归自然，因此直到现在人们始终找不到他的安葬地，这不能不让人感到遗憾。但是令人欣慰的是：他的强国梦，他为实现梦而顽强拼搏的精神，却一直在一代又一代中国人的血液中流淌、澎湃着……一缕阳光射进了车厢，天大亮了，从窗口向外眺望，只见一轮红日正在东方冉冉升起，光芒万丈……如果说七八百年前的那轮红日只能昭示成吉思汗活力四射，那么今天的这轮红日已在昭示我们整个中华民族都活力四射，因为成吉思汗的强国梦，他的拼搏精神，他的刚毅品质，已在中华民族心灵的花园中生根，开花，结果……

［原载《怀化日报》，2016年1月25日，写于就读怀化市三中高一（3）班时］

无心之美

❖ 李鹊起 ❖

　　"云无心以出岫。"岫是洞之意，读 xiù。白云的丝缕、羽片、絮朵，从山腰的洞穴中缓缓地飘出。升腾着，凝聚着，终于在蓝天上，绽放出一朵米白色的莲花。是无心成就了白云的美。白云无心于洞穴的阴暗封闭，无心于彩云的大红大紫，无心于黑云的大喊大叫，才有了它在蓝天上的闲适恬静。这种无心之美，让陶渊明的心醉了，日之夕矣，仍在"抚孤松而盘桓"。于是他在《归去来兮辞》中用《诗经》的白描手法、《楚辞》的咏叹语调记下了这一场景。其实，自然界的一切都是无心的，然而它给人的美感和韵味却是无穷无尽的。

　　无心不仅能打造自然之美，而且能成就人生之美。

　　无心能圆文学梦。陶渊明就是一朵白云。他从官场的黑洞中飘了出来，从形式主义的黑洞中飘了出来，飘向了自食其力的蓝天，飘向了写真情实感的蓝天。曾祖陶侃官至大司马，受其影响，他从小便有从政以济苍生的壮志。但当他发现官场黑暗时，不为五斗米折腰，毅然辞官回家。他看不起当时风行的雕章琢句无病呻吟的文章。假如没有他对官场的无心，就不会有他诗文的清新思想；假如没有他对浮华文风的无心，就不会有他诗文的朴素自然之美。无心让陶渊明在中国文学的蓝天上绽放出一朵白色的莲花。

　　无心能圆教育梦。我校的校友陈乐平就是一朵白云。他飘出了功利教育与畸形教育的黑洞，飘向了全面发展提升素质的蓝天。他是我校 1979 届的高中毕业生。他无心于分数的拔尖和考场的夺冠，而是致力于学以致用和综合素质的提升。他不仅是学习标兵、优秀干部，而且是运动健将、书法高手，还是音乐爱好者。他的父母也无心给他设框加压，让他戴着镣铐跳舞。因此他学得愉快，考得轻松。高考前的多次模拟考试，他都考得不好，但他并不因此而背上思想包袱，而是不断地吸取教训以完善自己，终于在 1979 年的高考中交出了一份完美的答卷，成了当年湖南的高考理科状元。媒体称他是全面发展的楷模。无心让陈乐平在中国教育的蓝天上绽放出一朵白色的莲花。

无心能圆道德梦。鲁迅就是一朵白云。他飘出了阿谀奉承、献媚取宠的黑洞，飘向了大义凛然、疾恶如仇的蓝天。对于危害国家民族利益的丑恶行为，他予以无情的抨击和鞭笞。他深知捅中国的马蜂窝，与最凶残的敌人较量的严重后果，但他情愿做野草，等着地下的火来烧。他无心去考虑个人的得失和生命的安危。正是这种无心，使他赢得了人民的尊敬，成了我国的民族魂。当春风吹过时，到处是青青的野草。无心让鲁迅在中国道德的蓝天上绽放出一朵白色的莲花。

为什么有的人华丽为文，只想吸引读者却失去了读者，而陶渊明朴素为文，无心讨好读者却赢得了读者？为什么有的人考前屡战屡胜，高考时只想夺冠却失败而归，而陈乐平考前屡战屡挫，高考时无心折桂却胜利而返？为什么有的人献媚八方，只想留名青史却被历史遗忘，而鲁迅横眉冷对千夫指，无心青史留名却被历史记住？原因很简单，因为人一旦有了心计便背上了功利的枷锁，从而心灵变形、才智受压。

新中国成立初期，郭沫若应毛泽东的要求，为岳阳楼题写楼名。他有心将字写好，认真地写了好几百幅字，从中选了三幅最好的寄给毛泽东，供其选用。但毛泽东觉得这三幅写得较为拘束，反而看上了郭沫若随手写在信封上的"岳阳楼"三个字。真是"有意栽花花不发，无心插柳柳成荫"。为什么认真写的却白璧有瑕，而随手写的却白璧无瑕？因为认真写时想到流芳千古，沉沉乎其心，重重乎其笔，灵气受阻，从而失去郭氏书法之本貌，而随手写时，想到只用一时，轻轻乎其心，巧巧乎其笔，灵气畅流，从而还原郭氏书法之真身。功利之害，可见一斑。如今信封上的那三个字已高悬于岳阳楼上，点亮了八百里洞庭湖，点亮了亿万双游人眼。有谁想到这灵秀无比、大气无比的书法妙品竟是无心之作呢？

无心是对私心杂念的摒弃，是对卑鄙肮脏的拒绝；是灵魂的净化，是人格的提升；是对洁净淡泊的坚守，是对崇高完美的追求。无心就是无我，是人生的最高境界。陶渊明的《归去来兮辞》就是一篇无心的宣言、一首无心的赞歌。但愿在有心人太多太精的今天，我们的社会能开出更多圣洁的无心之花，但愿无心的境界能给我们的圆梦大军以更多的正能量。

（原载《怀化日报》，2013 年 11 月 4 日）

拜　师

❀李祺琦❀

　　2020 年，本人已成为世界顶级童话家。一天晚上，我沿着河堤散步，顺便想看一看四周有没有飞碟，因为我打算写一篇有关外星人的童话。突然，一个球形飞碟在天边出现了，一束红光向我射来，刺得我睁不开眼睛……

　　待我睁开眼睛时，已经被吸到了飞碟里。这时，一个长有五官和小手的小白球向我飞来，我害怕极了，发出一阵阵的尖叫："你，你别过来，啊！""红苹果姐姐，你别害怕，我是天使之星的文化部部长，叫鲁丽丝。把你请来是想让你代表我们星球去参加一场童话比赛。"见它说话诚恳，没有恶意，我紧张的心便放松了些。不过我还是有些不理解："那你们为何不自己去呢？""我们星球的长处是善良。常言道，善良者往往不善言辞。这次，文曲之星来下战书，要跟我们比赛写童话，我们迫于无奈，便把你请来，望你原谅。"听了鲁丽丝的话，我感到很高兴。

　　鲁丽丝用飞碟把我送往比赛之星。路过银河时，我透过明净的窗玻璃，看到牛郎织女正骑着牛儿散步。这时鲁丽丝给我端来三明治和沙拉。"这是你最喜欢吃的食品，我们特意请地球厨师做的。"鲁丽丝真是善解人意，我很感动，决心把文章写好。

　　比赛开始了。比赛题目是"拜师"，主考官要求选手们在两个钟头内完卷。我的对手是由文曲之星选送的，是一个长着高瘦个子有些弱不禁风的白面书生。别看他样子长得不怎么样，可笔杆子却十分厉害，题目一宣布，他便胸有成竹地写了起来，不到五分钟便已写完了两页。而五分钟过去了，我还未开笔，不禁有些着急起来。就在这时，我心中一亮，忽然想起了前几天看过的电影——《阿凡达》与《孔子》，何不在他们之间做做文章？顺着这一思路，我的文章如泉涌般流淌出来了：

阿凡达在遭到地球人的攻击之后，怀恨在心，决心杀向地球报仇。于是他带着用缴获的先进武器武装起来的精锐部队和巨兽兵团，直奔地球而来。在山东半岛着陆后，正好遇到孔子带着他的学生在春游，他立即命令部队前去擒拿，他要亲手把他们剁成肉泥。于是他的部队气势汹汹地涌了上去。孔子的处境十分危险。就在这时，只见孔子从容地把手一挥，立即从他身后涌出了无数的汉字兵，个个方头大耳，手持销魂枪，威风凛凛。为首的是《论语》陆战兵团，其后是《诗经》空降兵团，最后是《春秋》海陆两栖兵团。这三个兵团立刻从四面八方将阿凡达的军队团团围住。他们用销魂枪射出了阵阵销魂风，使阿凡达的部队都歪歪斜斜地打起了醉拳，最后都昏倒在地。他们手中的武器都变得像面条一样柔软。待他们醒来时，他们脑子里凶狠残暴的思想都被清洗掉了，统统换上了仁义博爱的新思想，都变成了很有礼貌的新人；他们手中的武器都变成了锄犁等生产工具；巨兽们变成了温驯的耕牛。孔子把他们组织起来，让他们去泰山建立一个宇宙水果基地。

宇宙水果基地建好以后，阿凡达跑到孔子的学校里，拜倒在孔子脚下，说："我要拜您为师，向您学习中华文化，中华文化太伟大了！"于是，孔子收下了第一位外星人弟子。三年后，阿凡达获得了中华文化的博士学位。他提出回太空办一所孔子学院，孔子表示同意，并派子路去做他的助手……

两个钟头到了，我的文章也刚好写完。第二天，主考官宣布了比赛结果：我得了第一名。天使之星为此举行了隆重的庆祝大会，给我戴上了红花和金质奖章。会后，鲁丽丝招待我到银河里去游泳。

游泳完后，我打算回地球。这时，鲁丽丝拜倒在我脚下，向我提出两个要求：第一，要拜我为师；第二，要我留下来办一所孔子学院。盛情难却，我便留下来。此后我利用孔子是我爷爷的外公这一特殊关系，多次请孔子来我学院讲课。于是，天使之星在中华文化的照耀下，变成了宇宙中最亮丽的一颗文化之星，外星球来这里留学的人络绎不绝。

[原载《新7天》，2010 年 4 月 30 日，写于就读怀化市迎丰路小学四（9）班时]

晨　钟

李鹊起

沉重的夜幕
将你深深地压迫
你受不了啦
敞开你那钢铁巨喉
昂然一声吼
将夜的外壳震落
让漆黑的天空
霞光万道
辉煌壮阔

无边的寂寞
将你紧紧地包裹
你憋不住啦
敞开你那钢铁巨喉
昂然一声吼
将寂寞的闸门冲破
让生活的激流
喧嚣而出
奔腾磅礴

（原载《怀化日报》，2013 年 7 月 4 日，写于 1985 年，2013 年 6 月修改）

人民英雄纪念碑

❧李鹊起❧

你的石料
来自广州虎门
来自隆化桥头
来自云周西村
来自辽沈、淮海、平津……

你是用中华民族的
凛然正气砌成
你将无畏与英勇
奉献与牺牲
高高举起
擎向太空

你是精神世界里的
一座珠峰
你撑起一杆天秤
在人们的心灵
用历史的砝码
称量着人生

（原载《怀化日报》，2016 年 4 月 11 日，写于 1987 年，2016 年
3 月修改）

黄河是株树

李鹊起

黄河是株树
扎根在大海深处
主干苍劲古朴
一路弯弯曲曲
从东向西长去
头顶巴颜喀拉的
冰霜雪雾
枝飞华夏九州

向西长哟向西去
长到黄土高原
长到昆仑北麓
长到屈原流放
两离国都心忧郁
长到大禹治水
三过家门而不入
长出了一部
时空交错的史书

顶冰霜哟顶雪雾

顶出了天塌地陷
不畏惧
顶出了刀山火海
都敢扑
顶出了一个
英雄的民族

飞华夏哟飞九州
飞出了辽阔疆域
飞出了一张
秋海棠叶向天舒
飞出了一幅
雄鸡报晓图
飞出了一个
伟大的国度

黄河是株树
扎根在历史深处
五千年的中华沃土
让她伟岸魁梧
繁花满树
五千年的雷电风雨
让她叱咤风云
英勇不惧

看，虞舜夏禹
秦皇汉武　唐宗元祖
这些主干人物
哪一个不是

顶天立地　名垂千古

看，诗经楚辞汉赋

唐诗宋词元曲

这些文化奇葩

哪一朵不是

芳香四溢　光彩夺目

啊，从臣服匈奴

到中国风吹遍

亚欧非三洲

从大刀向鬼子

头上砍去

到今天遨游

索马里海域

她哪一片绿叶不是

一支英雄进行曲

黄河是株树

扎根在太空深处

茎擎碧空琼宇

枝挽嫦娥玉兔

坐观哟有天宫

往来哟有神舟

黄河是株树

扎根在心灵深处

四海齐涌黄河浪

五洲同唱黄河曲

孔子学院遍全球
中国声音满宇宙
世界哟因它而和睦
人类哟因它而幸福

（原载《怀化日报》，2013 年 4 月 1 日，2013 年 3 月 25 日写于怀化市三中）

我们操练在校园

◈李祺璠◈

我们操练　在校园
红旗招展　在我们前面
鲜花怒放　在我们周边
祖国母亲　在我们心间

我们操练　在校园
口令　强制我们
向军人　转变
迷彩服　让我们
变成森林　草原

我们操练　在校园
脚步　擂响了
进军的　鼓点
口号　喊出了
战士的　威严

我们操练　在校园
七十年前的　硝烟
飘在我们　眼前
先烈杀敌的　呐喊
响在我们　耳边

我们操练　在校园
我们生在　雪峰山下
长在沅水　河边
先烈的精神
早把我们　感染

我们操练　在校园
为了母亲的　尊严
我们将把　入侵之敌
消灭在　国门前
历史的悲剧　不许　重演

我们操练　在校园
红旗招展　在我们前面
鲜花怒放　在我们周边
祖国母亲　在我们心间

（原载《怀化日报》，2015年10月19日，写于就读中南林科大大二时）

一株冬树光秃秃

◈李鹊起◈

一株冬树光秃秃，
任北风咆哮，
任雪花狂舞……

你卸下了春的娇嫩，
夏的繁华，
秋的富有，
只剩下一身铮铮铁骨！

你告别了春的温柔，
夏的热烈，
秋的贤淑，
却选择了冬的严酷！

你用你的
无畏与成熟，
弹响了
悲壮与孤独！

你肢解着
北风的狂怒，

你嘲笑着
雪花的轻浮！

一株冬树光秃秃，
任北风咆哮，
任雪花狂舞……

（原载《怀化日报》，2016 年 3 月 14 日，写于 1994 年，2016 年
3 月修改）

假如遇见闯王

李鹊起

假如遇见闯王
我会夸他的勇气
小小一个驿卒
居然举起了
反明的大旗

我还会赞他
赞他的作为
横扫中原大地
将大明军队
打得落花流水

我还会向他建议
当什么皇帝
应该把人民
放在心里
做他们的主席

历史不能停在原地
民主政治　共和政体
才合民情　顺民意

以帝换帝
会被历史抛弃

自成
我的李家兄弟
我为你自豪
也为你叹息

有人在寻找
闯王的宝藏
那金银首饰
这是枉费心机
闯王的宝藏
就是他
走过的足迹

（原载《怀化日报》，2015 年 8 月 24 日）

人生有悟

眼睛朝下的美丽

❖李鹊起❖

那天，阳光明媚，春风和煦，我的心情好极了。吃过中饭，我站在洗碗池前，打开水龙头洗碗。洗着洗着，隐隐地感到鞋中进水了。低头一看，啊，不好了，厨房涨水了。突如其来的水灾将厨房冲得一片狼藉，也让我的心情跌至谷底。

打开排污池上的小木门一看，只见里面积满了脏水，正往外流，一股臭气从中冲出。我才知道是排污管的U形管处堵住了，连忙把水龙头关住。在一般情况下，洗碗池里的水不进入排污池，而是顺着一根软管直奔排污管的U形管区。

为救厨房于水火，我开始了紧张的疏通工作。先用手掏，无效；接着用铁丝捅，也无效；又用疏通器，还是无效。因为在排污口上修了一座储水池，所有的疏通器具都无法发挥作用。

管道排水全然无望后，我只好劳驾我的双手。于是拖把撮箕齐动员，脸盆水桶同上阵。经过一番鏖战，终于把入侵之敌扫地出门。这时已夜幕低垂，华灯初上，而我也头昏脑涨，筋疲力尽。

排污管堵住后，厨房像遭霜之叶，失去了生气，秩序全乱。洗锅、洗碗、洗菜、洗砧板，都要舍近求远，改到卫生间去进行，很不方便。这时我真怀念排污管通畅的日子，那是多么幸福与美好的时光啊！

苦撑数周后，一同事为我出谋划策：建议我用木棒敲击。我听后大喜。于是敲开了下邻的门，用一根木棒，对着U形管处敲打。果然奏效，放入排污管中的水，慢慢地便消空了。但只能算小通。

不过比不通要好多了，厨房里可以少量用水，减少了远征的次数。不过好景不长，数日后，管子又被堵死了。但此后我不敢再用棒击，因为管子是塑料做的，怕击破。

苦撑中又过去了数周，传来佳音。一朋友为我献策：建议我用泥鳅穿洞。于是我买了些泥鳅放到排污管内，果然通了，而且通的程度比棒击法还要高，消水要快得多。不过也还只是半通。虽然如此，给我带来的方便还不小，我在厨房的用水量明显地增加了。但好景又不长，数日后，管道又被堵住了。于是我又放下去数根泥鳅，管道又通了。为了治堵，我买泥鳅若干，用水缸养着，随时准备让它们投入战斗。

秋去冬来，千里冰封，万里雪飘，泥鳅断了货，我又迈上了漫漫堵塞路。一周又一周过去，一疏通管道的师傅向我传经：建议我用开水冲烫。当天晚上，我将排污管内的水用抹布吸干后，烧了锅开水，加了些洗衣粉，便倒了进去。开始水停在管内和排污池里，不见动静。过了十多分钟，水终于慢慢地消空。见有了效果，我又烧了第二锅、第三锅……终于把管子彻底搞通。

为什么木棒硬攻与泥鳅软取均不能消掉排污管中的块垒，而两三锅开水却让块垒消尽？原来导致排污管堵塞的症结不是软和硬，而是冷，是我对它太冷淡。想想看，我在它上面修了一座储水池，使它泰山压顶不见天日，这岂不是无视它的存在？再者，渣多油重的东西，我往里倒，有时剩半碗菜半碗饭，也往里倒。更为严重的是，在待遇方面我实施的是双重标准。对于厨房的锅盆碗筷等，我是用一次洗一次，就连与排污管相邻的地面，也是一天打扫一次。而排污管呢，则多少年都未给它清洗一次。你说它怎么不油垢满腹、污渍遍体而怨恨在心呢？要知道，饱含油脂的沉淀物遇冷凝固后，水冲不走，棍捅不掉，可真是软硬不吃了。

在厨房这个王国中，排污管的地位是低下的，工作是脏臭的，形象是丑陋的。但它的心地却是善良的，灵魂却是高尚的，贡献却是巨大的。它把肮脏、腥臭、丑陋揽进怀里，而把洁净、芳香、美丽让给他人。它是构建和谐的台柱，是打造辉煌的铁砧。它应该受到关爱与尊重，而我对它却极为不恭。都怪我眼睛不朝下，只看到台上的风光与火爆，而看不到台下的奉献与艰辛。

我决心从此眼睛朝下，彻底改变对排污管的态度。渣多油重的东西，一律不往它那里倒。我还在洗碗池的排水口上安了个圆形的小纱网，以拦截企图入侵的漏网之鱼。同时每隔十天半个月我便烧锅开水，加些洗衣粉倒下去，让它痛痛快快地洗个澡。那奔腾而下的开水，是我对它的亲吻、拥抱，也是我给它的奖赏。

我的决心与诚意，让排污管眉开眼笑，心旷神怡。我们互相配合，唇齿相依，同唱一首通畅歌，共谱一支和谐曲，共赏眼睛朝下的美丽。

冬去春来，厨房又恢复了生机与活力。

（原载《怀化日报》，2013 年 3 月 11 日）

香居斋纪实

李鹊起

单位新修一楼，调整办公用房时，我分得一间。此房与厕所仅一墙之隔，然我对它却情有独钟，特取名为香居斋。

有人要问：明明是一间与厕所相邻的次等房，而你却美其名曰"香居斋"，是故作幽默、哗众取宠，还是心怀不满、反话正说？我说都不是。要知其中道理，请容我慢慢道来。

要知道厕所发展到今天，其面貌已发生了根本性的变化。古代的厕所，称为茅厕、茅房、茅坑，"茅"字当头，其建造之粗劣、内部之脏臭，可想而知。现代的厕所，瓷墙、瓷地、瓷盆，"瓷"字当家，其建造之精致、内部之雅洁，已令人刮目相看。在这里，脏物在水的冲洗下，沿管道潜行，瞬间消失得无影无踪。它已被人们美称为卫生间、洗手间、化妆间。走进厕所可享受现代文明的成果。吃喝拉撒是人类维持生命的四大生理活动。这四大活动中后两项就要用到厕所，厕所的重要性尽人皆知。别人方便时远道而来，有奔走之劳，而我方便时抬脚就到，无跋涉之虞。真可谓近水楼台先得月。有此芳邻，岂不美哉！

诚然，芳邻也有不芳之时。若遇淫雨霏霏，连日不开，便渍黏附地面池壁之上，形成便垢，长久不干，异味就会传出：此乃"天灾"。有人便后忘了放水冲洗，致使脏物长留其间；有人拉撒时落点不准，造成脏物横尸池盆之内，导致管道堵塞，脏水横流：这是"人祸"。当异味传来之时，我卷袖奋臂，立即行动起来，或疏通，或冲洗，或清扫。忙乎了一阵之后，卫生间又面貌一新，恢复了它那清新雅致的芳容了。而我自己经过大汗淋漓的冲洗，也秽气全去，烦恼尽消，只觉得神清气爽，心旷神怡。

　　单位的种地族，为了施肥的需要，在便池内置一大桶，以收集尿液。一桶接满，需时数日，这数日我都得与脏物朝夕相处。是可忍，孰不可忍？一气之下，我便将桶中物倒掉，接一点倒一点。心想，看你还接不接！没想到那桶不接满，便死皮赖脸不肯走。这时我转念一想与其长留，还不如打发它快走。于是计上心来，打开便池上的喷水管，往桶内灌水。这样不多久桶便满了。桶的主人为这意外的收获而惊喜，满意地将桶抬走了。而我则在旁边偷着乐。我为自己有一休之智而快乐不已。

　　经过一番体力和脑力劳动之后，我终于明白了"香臭相依，臭可变香"的道理。

　　此室还有更让我满意的地方，那就是她给了我一份宁静。搬进此室之前，我与数人共处一室，交谈声不断，来访者特多，如处喧闹的市井之中。搬进此室后，我一个人独占一方天地，室友之间的交谈声没有了，来访者亦寥若晨星，留给我的是难得的宁静。在这里我不为无休止的闲谈而浪费时间，也不为无意义的应付而消耗精力，时间利用率达到了最高值。我静下心来阅读书籍，集中精力钻研学问，思想与业务水平都有了新的提高。这大概叫做宁静以致远吧。走出世俗的红尘，进入专业的佛境，这是一种多么充实而惬意的生活啊！

　　然而这里也有不宁静的时候。有一次在门口贴上了"领录取通知书处"的字条，人们如潮水涌来，真可谓比肩接踵，张袂成阴，挥汗成雨。我被挤压得透不过气来。好在此景不长，三五日便过去了。之后又天高云淡，这里又成了平静的港湾。此事过后，我终于明白，此房之所以人迹罕至，不仅仅是因为她远离楼层的中心，与厕所相邻，更重要的是因为换房之后，对此房的功能未挂牌标示。名分之于人的生存状态其影响可谓大矣！难怪人们要追求功名。但我同时也认识到，人有了功名后又是何等辛苦。看来去刻意追求功名，并非明智之举，至于不择手段去窃取功名，那更可悲，对于名利还是淡泊点好。淡泊可以明志，淡泊可以修身，有一箭双雕之妙。

居此室，外有芳邻为伍，内有群书做伴；望前方，蓝天白云盈目，看后面，绿树翠竹封窗；晨昏探究宇宙之哲理，日夜感悟人生之真谛；自在似天上仙，快乐如林中鸟，宁不香乎？

（原载《海南特区法制报》，2003 年 5 月 22 日）

喜欢即精彩

李祺琦

近日来，美颜相机与反美颜相机的对决近乎白热化。一个让人们秒变"男神""女神"，另一个则负责把他们打回原形。孰是孰非，众说纷纭。我才疏学浅，本不应就这一高科技问题多嘴，但凭着我的直观感觉又想说几句。我觉得"美颜派"会受到人们的拥戴，而"反美颜派"则未必能得到人们的青睐，甚至有可能遭到人们的唾弃。

人类自古就有"以貌取人"的天性。古时候是为了找到优质的配偶，繁衍出更优质的后代。现在社会发展了，但习性还是去不掉。更何况在一个"快餐式"的社会里，第一印象至关重要，好皮囊多多少少还是占点优势的。但天赐的宝物怎么可能人人都有？这个世界上终究还是相貌平庸的人居多。以前科技不发达没办法改变自己，现在美颜相机一出世，唰唰几下就可以把自己的瑕疵去掉，多让人心生舒爽啊。

而我们经常诟病的"虚荣"，其实也是正常人性的一部分。谁都希望别人夸自己好，不然怎么会受到夸奖后"心里像喝了蜜一样甜"？战国时的邹忌，古书上说他是大帅哥一个，他不也成天问别人自己好不好看吗？爱美之心人皆有之，虚荣之心人亦有之。相貌是最能给人以深刻印象的东西之一。可有些人就是欠着点，怎么办？总不能让上天注定的东西决定你一辈子吧？感谢高科技，感谢美颜相机，我们这些凡夫俗子好歹也能在网络上与男神女神们平起平坐啦！

正当凡夫俗子高兴的时候，半路杀出个程咬金，说要把美颜后的相片打回原形，岂不扫兴！我相信没有几个人会买这种反美颜相机的。

其实摄影是一门艺术。一个很平庸的摄影对象，经过摄影家的艺术处理后，就能拍出很出色的相片来。美颜相机就是运用摄影家的高超技艺来拍艺术照的。它拍出的相片已是一种艺术品了。艺术岂容打回原形！达·芬奇的名画《蒙娜丽莎》，价值连城，岂能因画的原型是一个平凡的妇女而说它一文不值呢？孙悟空是一个老幼皆爱的艺术形象，岂能因他的原型是一只猴子而大加责难而加以否定呢？

有人说美颜相机造假。只要照的是本人，而非他人，就不是造假。至于照片比本人更亮丽、更有品位，那正是艺术的造化。艺术是美于生活、高于生活的。

有人说美颜相机骗婚。男女相亲时，总要把自己最美的相片先发给对方看，这是很自然的事。问题就出在看相片的一方。他或她，把相片中的白马王子、白雪公主和生活中的憨小子、灰姑娘等同起来，并用自己的想象加以放大。这是由于他们对艺术的无知造成的，相片岂能有错！骗婚当然谈不上，婚都没结，又怎能算骗呢？一见面不就背向而行了吗？

爱美之心人皆有之，不仅凡夫俗子有，治国理政的高手们同样也有。我们学校最近发生的一件事就让我深刻地认识到了这一点。我校教学楼的一楼有三座大厅，这是师生们每天都要来来回回反复走过的地方。可是多少年来，它们一直是光秃秃、空荡荡的。但最近它们变了，彻底地变了！墙壁上被安上了巨幅的美术书法作品，墙壁前整齐地摆放着鲜花和盆景。一打听，原来是我们敬爱的彭国甫书记在教师节前来怀化三中慰问老师时，向学校领导做了

指示：要进一步美化校园，搞好环境育人。彭书记可真是个爱美之人。厅里的山水画有看不到顶的山、望不到头的水，展示了志存高远的境界。花鸟画通过红花绿叶彩鸟的巧妙衬托，展示了学校年年红火的场景和同学们的锦绣前程。书法作品用龙飞凤舞的笔画，录写了毛泽东、范仲淹、老子的经典名篇，向我们展示了不以物喜不以己悲的情怀和浪遏飞舟的气势。如今走进这三座大厅，我们就像走进了一座美丽的宫殿，就像走进一个哲理的世界，让我们的身心受到陶冶。彭书记环境育人的教育观和高明的领导艺术让我们受益匪浅。

其实，从毛主席到习主席，我国几代领导人都是爱美的大家。他们在共同画一幅画，叫"锦绣中华"。这幅画快要画好了，我们的乡村变美了，我们的城市变美了，我们的山水变美了。

按照"反美颜派"的观点，一楼的书法美术作品、花草盆景都要撤掉，要恢复原来的光秃秃、空荡荡，已变美的城市乡村都要撤下它们美丽的装束，恢复到万户萧疏鬼唱歌的新中国成立前。岂不荒唐！

客观存在的，它就是合理的；人们需要的，它就是正当的；人们喜欢的艺术作品，它就是精彩的。爱美有理，打回无聊！

美颜相机已与大众生活密不可分。从人性、艺术、社会的层面考虑，美颜相机都是有理可循有据可依的。让形象更光鲜一点没什么不好。自拍一张，润色一下，神清气爽地放到网上去，收获点赞，多叫人开心！所以请放下成见，喜欢即精彩。现在，让我们来"咔嚓"一下吧——一、二、三、茄子！

[原载《怀化日报》，2016年10月17日，写于就读怀化市三中高二（7）班时]

含羞草

❀李祺璠❀

有一天，我和妈妈一起去花店买花。在选花的过程中，一盆标名为"含羞草"的花引起了我的注意。只见它有长长的叶柄，柄的两侧长满了椭圆形的小叶片，还未开花，样子很弱小。听别人说，你摸一下含羞草，它的叶子就会合拢。于是我摸了一下，没想到它的叶子真的合拢了。我觉得很奇怪，难道这种草真的会害羞吗？

回到家里，我连忙到电脑上去查含羞草的资料。得知含羞草是一年生草本植物，会开粉红色的小花。叶子的根部有一个"水鼓鼓"的薄壁细胞组，叫"叶褥"。叶褥里面盛满了水分，当受到触动时，水立即向四周流去。这时它就像泄了气的皮球一样，瘪了，于是叶柄下垂，叶片合拢起来了。这样，"含羞"现象便出现了。

为什么含羞草会有这种怪脾气呢？带着这个问题，我又继续查资料。原来在含羞草生长的南方，时常会遇到台风和暴雨，这时它的叶片如果还是张开的话，就会被台风、暴雨摧毁。含羞草的这种怪脾气有效地保护了它的叶和茎。这种怪脾气可以说是它生存的需要。

其实，我们人类与含羞草也有相似之处。当我们做了某些出格的事时，就会害羞，就会脸红。但就是这种害羞的心理，使人的纯真与善良得到了保护。

你可不要小看"含羞"啊，"含羞"作用大着呢！

[原载《怀化广播电视》，2006 年 9 月 29 日，写于就读怀化市迎丰路小学五（7）班时]

聚宝盆的故事

◆李鹊起◆

在去周庄的中巴上，导游小姐给我们讲了一个有关聚宝盆的故事：

元末明初，周庄有个叫沈万三的人。一天他去湖边打鱼，一连打了三网，收上来都是空的。打到第四网的时候情况有了变化，他觉得网很沉，收上来一看，只见网中有一条很大的红鲤鱼正在跳动，足有十多斤。万三心中大喜，想到卖掉它，买上粮食足可供他和老母亲吃上半个多月。可当他动手捉鱼时，鱼的嘴一张一合地发出了清脆的声音："大哥，你放了我吧！我是东海龙王的满女，我会报答你的。"万三迟疑了一会儿，便把鱼放回了湖中。鱼回到湖中后又对万三说："你遇到困难，就到这里用手掌拍三下，我就会来帮你的。"说完之后便没有了踪影。

第二年，周庄大旱，田里颗粒无收。万三家里无米下锅，他正犯愁时，忽然想起小龙女。于是他到湖边用手掌拍了三下。只见湖水往两边分开，一个身着红装的秀美女孩从中快步走了上来，焦急地问道："大哥，你遇到了什么难事？"万三把受灾和无米下锅的情况和她说了。小龙女说："大哥不用着急，我送你一个盆，你要哪样东西，就把那东西放一点到盆里，盆里马上会生出一满盆这样的东西。生出的东西只能自己用，或用来帮助别人，不能用来做坏事。盆，等会儿我就送到你家里去。"说完，小龙女便不见了，湖水又恢复了平静。

万三回到家中，果见桌上放着一个像鸭食盆一样的小瓦盆。万三抓了一把米放到盆内，立刻生出了满满的一盆白米；取一枚铜钱放到盆内，立刻生出满满的一盆铜钱。真是一个聚宝盆！万三用生出来的钱粮，不仅让自己渡过了难关，还用来帮助其他有困难的人。这样周庄的人便富裕起来了，把周庄建设得非常美丽。万三不光种田捕鱼，还养蚕织绸、做生意，不久便成了江南的首富。

我到周庄后，感受到很浓的"万三"气氛。这里有沈万三的故居和铜像，还有沈万三的海底墓，就连上船的码头和各种各样的商品都冠以沈万三的名字。在我脑海中，以前沈万三只不过是一个故事中虚构出来的人物，而现在他变成了一个真实存在且口碑很好的历史人物。

在参观沈万三侄子的故居——沈厅的时候，我看到了沈万三的生平介绍，得知沈万三的结局是很悲惨的：朱元璋得知沈万三有一个聚宝盆后，便要沈万三把聚宝盆献给他。沈万三一再说没有，朱元璋不相信，便以欺君之罪抄斩他全家。一连杀掉了他的五个孩子后，刀架在他脖子上了，他仍说没有。最后万三虽免于一死，但孤身一人被流放到云南。朱元璋之所以免万三死罪，是想从他身上继续寻找聚宝盆的线索，但最终仍是一无所获。

沈万三为什么始终拿不出聚宝盆呢？原因很简单，因为他根本没有聚宝盆。其实沈万三从来就没说过他有聚宝盆。从科学的角度来看也不可能有这种宝贝。之所以说他有聚宝盆，是周围的人对沈万三有富可敌国的财富的一种猜测和想象，慢慢地以讹传讹，终于演化成一个美丽的故事。

人们将聚宝盆和沈万三联系在一起，这又不能不引起我们的深思。我想，沈万三虽没有物质上的聚宝盆，却有精神上的聚宝盆。这个聚宝盆是善心、智慧、勤劳三个要素结合而成的。万三救小龙女、帮助村民是他善心的表现，他还斥巨资帮助农民起义，更是他善心的大手笔。有善心才会得到人们的尊重和社会的承认，才能扩大自己的影响。万三不仅会耕田打鱼、养蚕织绸，还会做玩具、做生意，是智商很高的人，这为他积累财富提供了很有利的条件。万三每天都不停地劳作，放下这样做那样，直到晚年还在云南从事边境贸易。他付出的劳动比别人要多得多，当然拥有的财富也就比别人的要多。

　　神话中的聚宝盆是无法得到的，但精神上的聚宝盆是可以追求的，也是可以拥有的。这大概就是沈万三的聚宝盆给我们的启示吧。

（原载《新7天》，2010年2月1日）

奶奶的书包

李祺琦

　　这是好久以前的事了，那时我还在读小学。一天，放学回家，我坐在书桌前，正准备写作业。我打开书包，取出了作业本，可是却怎么也找不到钢笔。我记得很清楚，离开教室前，是把钢笔放进了书包的。我把书包里的东西全部倒了出来，仍不见钢笔。仔细查看书包，发现包底裂开一个小口子。我一下明白了：原来是书包做了手脚，开了后门，让钢笔离家出走了。我想起前几天，一支铅笔放进书包后也不翼而飞了，看来也是书包搞的鬼。书包本是文具与书籍的保护神，现在却成了它们的灾星。我又气又恼，决定让它下岗。我跑到客厅里，要爸爸给我买个新书包。

　　"书包才用两个多月，怎么就不能用了呢？"爸爸觉得不可思议。"拿来给我看看。"奶奶接过了话题。看了书包后，奶奶说："只是线缝裂开了点，缝一缝就可以用了，不用买新的。""那就请妈妈给我补一下吧。"我说。"不要麻烦你妈妈，要自己动手。"遵照奶奶的话，我取来针线，便准备自己动手缝起来。这时奶奶又发话了："补书包也是有讲究的：一要选好针。书包的布比较厚实，要选粗一点的针。二要选好线。书包受力较大，要选结实一点的尼龙线。三要选好位。下针的地方要选在书包的里面，这样外面便看不到针脚。四要双向走针。往前缝一次后，回过头再缝一次。这样就缝得更牢实了。"按照奶奶的指点，没过多久我便把书包补好了。这个书包本来就很漂亮，补好后我觉得更漂亮了。"这就叫做妙手回春。"奶奶戴上老花镜看了后，歪着头说。

　　接着奶奶给我讲起了她读小学时用的书包。奶奶是 20 世纪 50 年代读的小学，那时候家里穷得叮当响，根本没有钱去商店里买新书包。奶奶的母亲便取来一块蓝粗布，对折拢来，两边用线缝合，使它成为一个长方形的布口袋。然后再将开口处的布头折卷半寸，并用针线将布头的边沿和布袋壁缝合拢来，使口袋的上方形成一条可穿过带子的孔道。口子上两块布的相接处不缝合，这样提口袋的带子便可以从两边的四个口子进出孔道。要装书时，将口袋拉开，原来从孔道口拉出来的带子，全部进入孔道，袋口张开到最大限度。书装完后，从孔道两边的开口处，将带拉出来，袋口便缩得紧紧的。这时袋子上小下大，形如圆锥体，貌似子弹头。所以这种袋子，怀化人叫它缩包针呔固。就这样一个简陋无比的袋子，却还不是奶奶的专用品，是奶奶的姐姐读完小学后再转给奶奶的，奶奶读完小学后又转给了弟弟，一个书包一连三个人用。哪像我，小学还没读完就已经用了三个书包。

　　"千万不能讲排场！"奶奶继续说，"不能光看表面，要看实质。就拿我那缩包针呔固来说，它虽然简陋，但照样可以帮我学到知识，我后来能成为一名人民教师，就有它的一份功劳。要勤俭持家。勤，就是勤劳，要尽量多创造财富；俭，就是要节省，尽量少花钱。只有做到了这两点，一个家庭才会兴旺发达，一个国家才会繁荣昌盛。你自己补书包，这是勤快的举动；你不去买新书包，这是节俭的表现。俗话说：新三年，旧三年，缝缝补补又三年。日子就要这样来过。毛主席就穿过打补丁的衣服。老一辈艰苦朴素的作风，我们要继承和发扬啊。我母亲曾一再告诫我：'吃不穷，穿不穷，不会打算一世穷。'这句话的核心就是勤俭。

你要牢牢记住祖上传下的这句话。"

听了奶奶的话后，我想起了奶奶的一些往事。奶奶在农村工作时，每周的课有十几二十节，还要当班主任，进行家访，搞宣传，可以说是够忙的。除此之外，她还利用空余时间开荒种菜，小菜常常能自给。后来搬来城里住，她常常选在晚上去超市，因为这时超市常打特价，菜比白天的便宜。她穿的都是几十元一件的布衣。晚辈想给她买件好一点的衣服，她总是婉言谢绝。她把每一分钱都看得十分金贵。在她的影响下，我的父母用钱也是很节俭的。我家的收入不高，但生活还是过得有滋有味，每月都有余钱剩米。奶奶功不可没，她是勤俭持家的模范。

那天晚上，我坐在客厅里看电视。电视里正在播一个鉴宝类的节目。有的人拿着发黄的字画走上台，有的拿着有些锈斑的铜像走上台，有的拿着有些破损的瓷器走上台……都声称这些是他们家的传家宝，要专家给他们估价。看着他们，我就想，我们家的传家宝又是什么呢？这时我脑海里忽然闪过奶奶的缩包针呔固，接着又出现了两个字——勤俭。是的，勤俭是我家的传家宝。这个宝贝的价值，我想连专家们都无法估算出来。因为它是无价之宝。

看完电视后我便睡了。躺在床上，迷迷糊糊地便做起梦来，梦见我驾着一艘船在海上航行。忽然天暗了下来，顷刻间伸手不见五指。船只好停航。我正在着急之时，空中冒出了一朵袋状云，如锥似柱，并且满身发光，把海面照得通明透亮。仔细一看，我突然发现：那锥形云不正是奶奶的缩包针呔固吗？它像一支火炬，吐着光焰，燃烧在夜空里，照亮了天空，照亮了我的航程。我赶紧起航，破浪前行……

［原载《怀化日报》，2015 年 4 月 7 日，写于就读怀化市三中初三（2）班时］

马路上练车

❦李祺璠❧

　　我觉得汽车早已融入了普通老百姓的生活，高考完后，便去驾校报了名。在这个暑假中，我顺利通过了科目一和科目二考试。科目一属于笔试，考试内容包括驾车理论基础、道路安全法律法规、地方性法规等相关知识；科目二是考场地驾驶技能的科目，包括倒车入库、侧方停车、坡道定点停车和起步、直角转弯、曲线行驶等项目。考试过程虽有波折，但老天保佑，总算是顺利通过。

　　大一生活刚一结束我便又投身到学车中去了。这次迎接我的是科目三的学习。科目三是有关开车上路的考试，简称路考。所学习的是道路驾驶技能和安全文明驾驶常识，其中包括上车准备、起步、直线行驶、加减挡位操作、变更车道、靠边停车、直行通过路口、路口左右转弯、通过人行横道线、通过学校区域、通过公共汽车站、会车、超车、掉头、夜间行驶等。因为科目三是在马路上练车，所以如果说之前的考试是牛刀小试，那么这次便是真刀真枪上战场了。由于自己早已不是第一次上车，所以也不紧张，在学习过程中教练说一步我做一步，依葫芦画瓢对所学的动作完成得都还算不错。可是毕竟是路考，是需要自己开车的，以后身边也不可能有教练提醒，所以教练在教完动作后都让我自己开，而他则在副驾驶座指出我的不足。由于我当时认为学车只是把车开动起来便可，从而忽略了刹车的重要性。这导致我一个人开时，没能较好地掌握和运用刹车的技巧。我的教练风趣幽默，虽然他的话有趣，但也让我印象深刻。记得有一次我路过一条人行横道，完全把过人行横道要踩刹车减速的事情抛到了脑后，就这么理所当然地开了过去。这时我的身边悠悠地飘来了一句："干掉了！"我就问教练什么干掉了，教练就说如果这是考试，那科目三就被你干掉了；如果这是你自己上路，那路人就被你干掉了。我听后都气笑了，一时间却也无言以对。后来有一次，我行驶在宽敞的大马路上，和上次不同的是这次路上并没有考试项目中要踩刹车的地方，但是我远远望去，发现路上有一个横穿马路的行人。由于路上没有要踩刹车的点，加上他离我非常远，我目测了一下距离，再看了看自己的车速，觉得应该可以和他完美错过，便耍起了小聪明，没有踩刹车减速。这时我的耳边又飘来教练的声音，他说："你看到那个人没有？"我说："看到了。"然后刚想为自己没踩刹车做辩解时，又听到教练说："加速冲过去撞他。"我一下就懵了，就回了一句："为什么要撞他啊？"教练说："既然知道不能撞他，那你怎么还不刹车减速呢？"我顿时被他这句话弄得哭笑不得，但是觉得在理，于是便照办了。

又过了几天，眼看离考试也不远了，教练见我不但没有改正自己的错误，反而有变本加厉的势头，便苦口婆心地告诉我刹车是科目三中很重要的一项内容，也是行车必须熟练掌握的基本操作，它的作用可不只有停车那么简单，不会刹车的人开车是没有安全性可言的，在行车过程中看到前方有路人、突发状况、障碍物、紧急事故都需要通过踩刹车来停车；还有在转弯、夜间行车、经过一些特定区域都是需要踩刹车来提前减速，对于可能出现的一些突发状况进行预留，以便于发生状况时可以安全及时平稳地将车停下，这样就能避免因为车速过快驾驶员来不及反应而酿成悲剧。我听后对刹车有了正确的认识，态度有所端正，学起来也就更加得心应手了。

八天后，我便踏进了路考的考场。我们的考场是在一条车与人都正常通行的大马路上。考官坐在副驾驶座，四位考生坐在车上不同的位置，按照顺序依次考试，考试内容听考官的指令。我是第二个考的，刚一坐上驾驶座，我便发现了一个大问题。由于刚才第一个人把车停在距离左转弯太近的地方，目测不超过 200 米，而我必须在到达实线之前左转车道，才能在考试路线上正常行驶，所以便要在这短短的距离内变更三条车道。而变道就需要打转向灯，为了给别的司机一个反应的时间，转向灯必须闪三秒才可以变更车道，而变更三条道就意味着要打三次转向灯。这时问题来了，考试规定1挡的行驶距离只有100米，如果超过了这100米还没有变挡那么考试就没戏了。但是如果急着上挡，也要等待转向灯，这时过快的车速便可能导致在到达实线之前变不到左转弯道，从而导致考试失败。这时我灵光一闪，想到了被教练一再强调的刹车，于是靠着脚尖轻点刹车控制着车速，慢慢悠悠地挪过了三条车道渡过了这个难关。破解这一难题之后，其余的动作便是一帆风顺，结果可想而知，我顺利过关了。这次路考能顺利通过，躲在脚下低调的刹车"伙伴"功不可没。

　　让我真正把刹车的重要性提到和开车相同位置的是后来发生的一件事。那是在我考完科目四，准备拿驾照的时候发生的。我正在考试中心的大厅里等待着驾照的到来，这时大屏幕上滚动播放着车祸的视频，刚开始由于我在玩手机并没有注意，后来玩累了要休息一下眼睛，便抬起头来，瞬间便被屏幕上播放的一场车祸的视频吸引了注意力。这是夜间行车，一辆汽车因为在进入十字路口之前没有踩刹车减速，导致车速过快，与侧面一辆酒驾超速行驶的车撞了个正着，司机当场死亡。我心想如果他在进入十字路口时轻踩一下刹车，降低一下车速，可能就不会有这样的惨剧发生了。

　　这次路考不仅让我学会了驾车，取得了驾照，还有一个更重要的收获，就是让我深刻地认识到了刹车的重要性。及时刹车，能避免车毁人亡的灾难，能获得柳暗花明的惊喜，能把你引到成功的彼岸。驾车如此，做人、齐家、治国，又何尝不是如此呢？文明公约中的"不准"、反腐倡廉中的"反"字、供给侧改革中的"去"字，难道不就是对不文明的行为和腐败的人与事以及落后的有污染的产业下达刹车的指令吗？

　　（原载《怀化日报》，2016年9月5日，写于就读中南林科大大三时）

否定之歌

李鹊起

我爷爷的父亲
是一个读书人
平步青云官至州省
他叫李明选
明确地选定了
他的仕途人生

他有两个儿子
一个叫锡麒
一个叫锡麟
他希望他们
成为人中精品
两只麒麟

可是结果却
大相径庭
老大读书不行
只能画些花鸟鱼虫
逢年过节嫁女收亲
给人装点喜庆

老二是我爷爷
从小天资聪颖
读书读到省城
参加国民革命军
却选择了蒋先生
造成了他的悲剧人生

爷爷有四个儿子
柱南森南经南跃南
他希望他们
能做湖南的台柱
能成江南的森林
能超越南方的所有人

可他们都是
衣食有忧的农民
脸朝黄土背朝天
一辈子在地里经营
在劳累与贫困中
走完了他们的人生

老大柱南是我父亲
我有五弟兄
鹊起雁起鹰起
还有鹏起轩起两人
父辈希望我们展翅凌云
有显赫的名声

可我们却很平庸
没有做台柱的雄心

更无飞蓝天的激情
我在讲台上耕耘
知道我名字的
只有教过的学生

三个弟弟种地为生
知道他们的
只有土地山岭和乡邻
小弟轩起步我后尘
当了一名园丁
更是默默无闻

我有两个儿子
东雷与春雷
是他们的大名
我希望他们事业有成
威名震远近
响亮如雷霆

可他们却在书写
平凡的人生
老大养猪造林
常年忙碌在农村
老二是名金融兵
办公室里默度光阴

人的名称　很有学问
常是上辈起名者的愿景
是他们的期待与激情
按名字中预设的标准

我们的家庭
是一代比一代差劲

祖父没有成为麒麟
父辈没有经天纬地
成为南方一道风景
我们兄弟五人
也都是平民百姓
两个儿子也没成雷霆

真是一代比一代不行
每一代都将上一代否定
但人类就是在否定中前进
曾祖效忠清朝是封建脑筋
爷爷参加国民革命
已有反封建的民主精神

父辈女织男耕
自己动手　养活家人
生存能力　远远超过
祖父那样的文弱书生
我们兄弟五人
也有自己的独特人生

我与轩弟到处有学生
走到哪里都能
收获尊敬的眼神
雁鹰鹏三人农闲打工
北上内蒙古　南下广东
胜过北战南征的将军

东雷的葡萄苗很快成林
他在进行一场绿色革命
春雷在金融海洋中游泳
货币调控　了如指掌
经济头脑　理财观念
我辈只能望其后尘

这样看来　我们的家庭
又是一代胜过一代人
同样的事情　观点不同
就会得出不同的结论
从后看　糟糕透顶
在前看　精彩绝伦

奉劝天下父母亲
千万不能将自己的想法
强加给儿女们
小树要自己长大成林
用绳去绑去捆
就会变形　甚至短命

社会在发展　时代在前进
千万不能让儿女们
去重复自己的人生
不能将自己过时的经验
要儿女当作圣经去执行
他们有自己的世界和憧憬

人不一定要当官成名
做平民百姓也很舒心

要学学陶渊明
无官一身轻
都想当官谁当兵
岂不是光杆司令

都想当官成名
就会尔虞我诈　斗角钩心
催生贪腐　引爆战争
互相算计拆台多累人
劳动者是社会的主力军
家长的观念要纠正

头脑需要否定
过时的思想需要更新
社会需要否定
过时的制度需要重定
否定否定再否定
国家才能不断前进

家庭在静悄悄地否定
在喜滋滋地前行
国家在气昂昂地否定
在雄赳赳地迈进
时代在哗啦啦地否定
在轰隆隆地飞奔

否定就是革命
革命也就是否定
否定就是改革
改革也就是否定

否定就是创新
创新也就是否定

否定是急雨
能洗亮阴暗的天空
挂出壮丽的彩虹
否定是春风
能吹走冰冻的严冬
撒下满地的万紫千红

但愿我们民族　我们国家
在一次次的否定中
越来越繁荣　越来越强盛
但愿每个同胞　每个家庭
在一次次的否定中
越来越幸福　越来越开心

（原载《怀化日报》，2012 年 5 月 27 日）

观察与发现

李祺璠

我们学生常常为写作文发愁。发愁的原因是：总觉得没有什么内容可写；写出来了，又总是很平淡，不生动，无特色。怎样才能走出这一困境呢？我想，借鉴文学大师们的经验，听听他们的教导，可能是有益的。

法国短篇小说巨匠莫泊桑年轻时也遇到过这样的问题，于是他便拜福楼拜为师，向他请教。福楼拜告诉他："只要你每天都在家门口把看到的情况记录下来，而且长期记下去，你的写作能力就会提高。"莫泊桑回到家里，在家门口一连记了好几天，可是一无所获。于是他又向老师请教，福楼拜跟他说："富丽堂皇的马车，跟装饰简单的马车是一样的走法吗？烈日炎炎下的马车是怎么走的？狂风暴雨中的马车是怎么走的？马车上坡时是怎样用力的？下坡时赶车的人是怎样吆喝的？他们的表情是怎样的？如果这一切你都能写清楚，怎么会没有什么好写的呢？"福楼拜的话在莫泊桑的脑海里打下了深深的烙印。从此，莫泊桑天天在大门口观察马车，从中获得了丰富的材料，写出了一些好作品。

观察，特别是细致地观察，对于写作来说是十分重要的。因为它能帮助我们积累许多具体的材料，使我们的文章丰富多彩、生动形象。有一次我到梵净山旅游，看到有的树横躺在路上，像是死了，可是另一端却长出了青翠的叶子；而一些确已死了的树，却仍然神气地站在那里，树上长满了白色的蘑菇，像开了满树的白花。我把这些都记在作文中，文章便生动起来了。

　　光观察还是不够的，还要善于发现。莫泊桑写了一些作品后，又一次到福楼拜家里来请教。福楼拜肯定了他的进步后告诫他："对你所要写的东西，光观察还不够，还要能发现别人没有发现的特点。比如你要描写篝火和绿树，就要努力发现与别的火、别的树不一样的地方。"福楼拜的这番话是很深刻的：只有发现了新特点，文章才会有新意，有了新意，文章才会有生命力。有一次，我跟大人们一起回老家，首先经过一个隧道，隧道很长，里面没有电灯，漆黑一团。回到老家，老家变化很大，新中国成立前，这里的人住的是茅屋，吃的是野菜，而现在到处是漂亮的洋房，吃的是白米饭。于是我以"从地狱到天堂"为题写了篇文章，既概括了回家的过程，又点明了家乡的变化，发表后受到了大人们的好评。

　　细心观察与努力发现是福楼拜与莫泊桑取得巨大成功的宝贵经验，为作文所困、为作文所苦的同学们，不妨按照两位大师的教导去做一做，也许能改变作文写不出、写不好的局面，打造出写作的一片蓝天！

　　［原载《怀化广播电视》，2008 年 4 月 18 日，写于就读怀化市迎丰路小学六（7）班时］

读书有感

爱 的 传递

——喜读孙逸民的《微光》

❦李鹊起❦

　　我怀着喜悦的心情读完了逸民的《微光》。这是一篇充满正能量又朴实感人的好文章，不管是内容还是形式，都有不少闪光点。

　　文章写的是微光团队的支教活动。23位在校大学生通过网络联系到一起。他们背着行囊，冒着酷暑，趁着假期，来到我市新晃的波洲镇支教。他们都是家庭的独苗、父母的宝贝，衣来伸手，饭来张口，一切都不用自己操心。到了这里一切都要自己动手，而且条件十分艰苦，连床都没有。没有床，他们就睡地铺。睡地上麻烦就来了。这里跳蚤成群，毯子上、枕头上、衣服上、席子上，甚至捏在手里的纸上，都可以看见它们芝麻般大小的身影，常常在他们手上脚上咬出一个个又红又痒的小包。但他们忍耐着，克服着，坚持着。在家里每餐无肉不欢，而在这里却是餐餐青菜土豆。他们毫无怨言。其时正值暑假，学生都回家了。要办培训班，就必须把学生召回来。于是他们便起早摸黑，走村串户，爬山越岭，进行扫街宣传。通过两天的努力，终于劝来了一百多名学生，编成了五个班，开始了他们的培训活动。他们从小学到中学，再到大学，担任的角色一直是学生。现在要换换角色，当老师站到台上去讲，这可是大姑娘坐轿——头一回。第一堂课就出现了哑场的现象，要么是讲课的忘了词，要么是听课的没反应。但是他们不气馁，摸索着，创造着，终于他们的课越上越好。他们上课传知识，下课交朋友，放学后还要送学生回家，来回一走就是八九公里。由于上课下课都与学生在一起，因此与学生建立了深厚的感情，以至离开时，学生噙着眼泪，难舍难分。大学生暑假外出打工，可以赚到几千元，甚至上万元，而到这里来支教，是义务劳动，无分文收入，有时还要自己掏腰包。两相比较，他们选择了后者，说明他们把为孩子服务看得比金钱更重要。他们吃得苦，耐得劳，不计名，不计利，艰苦奋斗，乐于奉献。多可爱的年轻人啊，我为他们叫好！

文章不仅内容好，表现形式也很不错，在写作方面的亮点是很多的。文章有一个气势如虹的开头："我不是奔流的大河，只是一滴渺小的泉水，而我相信，终有一天，无数滴渺小的水珠将汇成一条汹涌奔腾的河流，令百川望洋兴叹；我不是耀眼的太阳，只是一颗黯淡的星星，但我相信，无数颗黯淡的星星聚集一堂，也会点亮广袤无垠的天空。"这段话形象地说明粒米成箩、滴水成河、小可变大的道理，从而诠释了微光的深意，为文章定了调，一下子便把文章的局面打开了。文章还有一条清晰可辨的线索。写支教是以时间为序的：从进校写起，再写动员、组班、上课，最后写离开。这是一条外线。还有一条串联全文的内线：微光的深意—微光的活动—微光的名称。由于线索分明，文章文气贯通，前后照应。文章还有一些让人身临其境的细节。如跳蚤猖狂的细节："你躺在地铺上，如果忽略了芝麻大的小虫子，不要紧，它们有办法给你留下一个深刻的印记……"再如烧柴"摇色子"的细节：这些大学生在家里大概少有或没有煮饭弄菜，因此把洗菜烧柴这样极易的事看成极难的事，要通过"摇色子"来分配，真让人忍俊不禁。还有上课哑场的细节：上第一节课时，他们使尽浑身解数，讲得口干舌燥，而坐在下面的同学们始终不为所动，有的干脆呼呼大睡。还有记账的细节：提心吊胆，生怕出错，可是又状况不断。这些细节把人物写活了，让我们如临其境。文章还有一种大学生说话的风度。它使用的是当代大学生的语言。这种语言有文化含量，新潮，有时代感，有涵养，且不乏风趣幽默。如说跳蚤咬人是"亲密接触"；称他们支教为"微光行动"；称他们的基本工作为"主要剧情"等。再如他们第一次跟学生的集体谈话："我们并不是以师长的身份来教你们怎样考高分的，而是以朋友的身份来跟你们交流学习的心得和做人的道理。我们将珍惜这一难得的锻炼自己的机会。我们为结识你们这群优秀的伙伴而高兴。"你看，这一席话，说得多有水平、多有涵养，既可亲，又严谨；既简短，又内涵丰富。文章使用的是较为实用的话语，字里行间，我们可以看到大学生的身影和风貌。该文出自湘大英语系一位大二学生之手，难免有稚嫩之处，如个别词语欠斟酌、个别语段有疏漏等。但瑕不掩瑜，从文章的整体来看，还是写得很成功的，有震撼力、感染力。一个不是学中文的大二学生，能写出这样的文章，实属难能可贵。我为这篇文章的成功叫好。

　　这次支教活动的 23 位年轻人中有三位关键人物，他们是罗世璋、曹盛、孙逸民。他们进行广泛的宣传发动，终于组建了一支 23 人的队伍。他们筹资一万多元，将支教的地点定在新晃的波洲镇。为什么这三个年轻人这样热衷于支教呢？这是有其原因的。因为这三人都是怀化三中 2013 届高三（12）班的学生。他们所在的这个班是文科宏志班。怀化三中的宏志班是在中央文明办的关怀下办起来的，它受到党和国家及社会各界人士的高度关爱，刘云山就曾给宏志班的学生写过鼓励他们的信。宏志班的学生学费全免，生活费由政府提供。每年招收 50 名家境贫寒的优秀学子。这 50 名学子，刚开始编在一个班学习。文理分科后，变成文理两个班，于是又从其他班吸收一些优秀学子充实到这两个班来，补充进来的则不享受政府的补助。在宏志班就读的学生，不管是享受补贴的还是未享受补贴的，都感到他们被从四面八方涌来的爱所包围。他们都觉得必须感恩社会，回报社会，将这份爱传递下去。这就是他们执意要进行支教的原因。虽然他们在经济上很清贫，但他们拥有的知识却很多，他们通过传授知识来表达自己的一片爱心。这是一种爱的传递。我为这种传递叫好。

　　在三个年轻人中，我熟悉的是逸民。2013 年 2 月 26 日，我在高三（12）班前的走廊上与逸民相遇。他向我诉说了在语文学习中的尴尬与困惑：每次考试都在 90 分左右徘徊，阅读题不知怎样去做，作文不知如何去写才好。对于 150 分的总分来说，90 分只是一个及格的分数，显然对高考是不利的。对他的苦恼，我深表同情。于是便要他将高三写的一些作文和每次模拟考试的答卷提供给我。研究了他的作文与答卷后，我根据从事中学语文教学50多年的经验以及参加省里高考语文评卷20多年所得到的一些启示，对他进行点拨，做了几次辅导。没想到效果还不错，他六月参加高考，语文考了118分，这是他高三以来考得最好的一个分数。没想到这滴水之恩，得到了他们涌泉相报。读大学后，每次寒暑假逸民都要到家里看望我。我生病了他更是十分惦念，他在怀化时，总是要到医院里来看我。他不在怀化，也要委托他的父母来看我，转达他的问候。在大学里，有时他还利用下课的休息时间打电话问候我。他是一个知道感恩的年轻人。我是一个文学爱好者，也希望逸民能成为一个文学爱好者。考上湘大英语系后，我送了他一本季羡林的散文集，希望他能像季羡林一样既搞翻译，又写散文。我还以既搞翻译又写诗歌的穆旦启发他。去年寒假他骑车游了海南。回来后他来看我，我便要他将此事写成游记，并给他出了些点子。后来有他的《骑行海南》的游记见报，我倍感欣喜。今年暑假，他从新晃支教回来的第二天便来看我，我又要他将支教的事写成散文，并提醒他，文章要有灵魂，要将读者带到支教现场，要有自己的心理活动和叙事风格，要选好细节。没想到《微光》写得出乎我意料的好。逸民在写作上进步真是快。逸民是一个很有爱心的人。记得他在读大一时，听说辰溪农村有个女孩病重，无钱治病，便通过校园募捐和向网络求助来帮她。虽然效果不理想，但他的心是尽到了。他这次写《微光》如此用劲，就是希望能将在宏志班所获得的爱心，将支教中所送去的爱心，再传播出去。我为逸民的感恩、进步和爱心叫好。

23个年轻人中我只熟悉逸民的故事。其他22位年轻人的故事，我相信会更精彩。在波洲的田野里，这些青年看到了美丽的星空与缥缈的银河：那漫天闪闪发亮的星星明明高悬在遥远的夜空，又分明像是坠入大海，在水下成了晶莹璀璨的宝石。在这缀满夜空，铺满大海的星辉之中，他们仿佛看见了一道明亮的波澜，它像是在大海之中翻起的一朵浪花，又像是飘过星空的一抹纱巾。那就是银河。多美的波洲之夜啊！多美的水天融合的景象！这也是波洲的孩子与乡亲在他们心中留下的美好印象，这更是他们在波洲的孩子与乡亲的心中留下的美好印象。他们这一颗颗爱的星星已在波洲的天空上聚集成了一条美丽的纱巾似的银河。这条银河将永远飘动在波洲的孩子与乡亲的心中。微光团队的年轻人们，我为你们祝福，祝福你们的人生道路，越走越宽阔，越走越美好！

（原载《怀化日报》，2015 年 10 月 12 日）

冷战出彩生妙笔

——读江月卫《窗台上的腊肉》有感

❦李鹊起❦

夫妻之间有时会意见相左。在一般情况下，通过沟通能取得一致。不过也有各持己见互不相让的时候。这时一个是橡树，一个是木棉，各自独立着，挺拔着，对峙着，沉默着。这种不再热辩的冷处理状态，就是夫妻间的冷战。冷战不是什么丑事，但也不是很光彩的事，一般人都把它作为自己的隐私，不让外人知道。让人意想不到的是，有一个人却采取了完全相反的做法，他就是江月卫。他在《窗台上的腊肉》一文中，将与妻子的一场冷战和盘托出。更让人意想不到的是，他此举竟收获了许多精彩。

冷战出彩，尴尬绽放美丽

文章是以窗台上的腊肉生霉了这样一件小事开头的。这件事本是微不足道的，然而它却牵扯出好多的人和事，构成了一道道美丽的风景。

首先惊动的是那些进进出出看见腊肉的人。院子里的大爷大妈对作者说："把腊肉拿下来我帮你洗洗。"年龄与作者相仿的都替作者着急："你家的腊肉长霉了不能再吃。"这让作者感到十分亲切，虽然住在一个院子里不常往来，名字都叫不出，但大家还是互相关心着的。

接着扯出了提供腊肉的人，文中着重写了他父亲。父亲知道孩子喜欢吃腊肉，同时客人来了也需要用腊肉招待，便省吃俭用，每年都炕了一头猪的腊肉。由于父亲的精打细算，虽然每次炒的只有那么一小坨，次与次之间隔的时间也较久，但一年到头都还是拿得出腊肉来供家人和客人享用。

田地分到户后，吃肉的问题得到了解决。再看到哪家有腊肉反而成了笑话，说他舍不得吃。有腊肉成了抠搜的象征，而抠搜是讨不到媳妇的。父亲为了作者兄弟俩能讨到老婆，在供两个孩子读书家里经济不宽裕的情况下，还时不时买点新鲜猪肉回来，并故意挂在扁担头上挑回家，以让待嫁的姑娘对作者家有个好印象。父亲对子女的关爱之心跃然纸上。

文章还提到了老家的乡邻。父母过世后，清明节作者都要回老家去扫墓。乡邻们知道作者喜欢吃腊肉，现在父母不在了，已没人给他炕腊肉了，便这个送一块那个送一块。乡邻们的好意不便拒绝，作者便放在车子的尾箱里带回了家。

文中的父亲以及城里和乡下的左邻右舍，他们的心灵是多么的美丽啊！

文章接下来才扯到吃腊肉的人。作者是很爱吃腊肉的。田地分到户以前，因物资匮乏，平时难得吃一餐腊肉。因此作者总是盼过年，因为过年都会吃到肚子再也装不下肉为止。这叫做醉肉。醉一次肉，一个星期都不敢看肉了。

照理说，作者这样喜爱腊肉，老家邻里送的那几块腊肉应该早就吃完了的。可是情况却不是这样，那几块腊肉仍挂在窗台上。这是为哪般呢？原来问题就出在家里的另一半身上。当初经过父亲扁担头挂肉的张扬与宣传，作者终于赢得了一位城市姑娘的芳心，结成了连理。可这姑娘不是马虎角色，见多识广，思想前卫。一日她外出听说腊肉可能含有致癌物质，回家后立马决定停食腊肉。这对于爱腊肉如命的作者来说自然不能接受，于是旁征博引，据理力争，可是女主人就是不接受。这样便形成了谁也说服不了谁，之后是谁也不去说服谁的冷战局面。冷战出现后夫妻间多少会有些尴尬，但是读者的思维如果到尴尬这里就止步了的话，那就还没有读懂这场冷战的真正原因。谁也不去说服谁，说明男女之间的平等和互相尊重。作者对自己心中的女神终究有几分敬畏，怕话说多了说重了，女神承受不起，也就不再言语。而女主人呢，怕说多了说重了，自己的丈夫自尊受损，也就不再作声。这是尴尬后面的第一道风景。女主人之所以要家人停食腊肉，是怕自己的丈夫毫发受到损伤。这叫做管得紧爱得深。而作者之所以在腊肉起霉了也未去吃它，是因为对另一半的好心，他心知肚明。不过他的面子可不能随便拉下，明明是后撤，却美其名曰"懒得动手"。他们毕竟是相依为命的橡树与木棉，他们相触在云里，相握在地下；他们手牵着手，心连着心；他们冷中有热，硬中有软。这是我们在尴尬后面看到的第二道风景。冷战，是爱情在新时代的一种新的表达方式。

透过窗台，我们可以看到邻里的和睦、父母的亲情、家庭的温馨，还可以看到美食的历史、时代的发展、社会的美好。

妙笔生花，朴素彰显才华

文章不仅在内容上能原汁原味地再现普通人的生活，而且在形式上也独具一格，表现了作者高超的技艺，达到了朴素自然的境界。

貌似松散，实则严谨。本文的写作是采用摆龙门阵的方式来进行的。天南地北地扯，从古到今地谈，表面上是很随便、很松散的，但文章的结构与布局是十分严谨的。整个文章围绕着腊肉为什么会长霉这一问题展开，列出了各种各样的原因，然后又用排除法，一个一个地否定。首先从腊肉本身找原因。是不是腊肉生来就是生霉的货呢？答案是否定的。腊肉因炕干了水分，在一般情况下是不生霉的。是不是腊肉没有好的贮存方法呢？也不是。把它放在茶油缸里，或者放在谷堆里，能够长久不生霉。接着便从吃腊肉的人身上找原因。是不是作者不想吃腊肉了呢？作者爱腊肉如命，想吃得很呢！是不是分田到户后不让人吃腊肉了呢？分田到户后是催人快点吃腊肉，而不是不让人吃腊肉。因为家里有腊肉成了抠搜的象征，名声都不好了。到底是什么原因？文章最后才道出：原来是老婆不让吃。文字至此，前后照应，戛然而止。腊肉就像一位导游，带着读者从古代到现代，从乡村到城市，好好地游览了一番，使读者看到了许多美丽的风景。

貌似平庸，实则高雅。作者是文章的灵魂，看文章实际上是浏览作者的心灵世界。因此一般人写文章，都是尽量地扬长避短。在文章中，总要把自己写得高大些、完美些，有的甚至会夸大和虚构。而本文的作者却反其道而行之，他扬短避长，短处尽量端出来给读者看，而长处则藏起来，尽量不让读者知道。过年吃肉的饿相、扫墓收邻里腊肉的隐私、在老婆面前无作为的窝囊、看着窗台上的腊肉不能吃的无奈，他都毫无顾忌地一一道来和读者分享，尽量让自己的形象低矮些、俗气些，而对自己许多光彩的东西则闭口不谈。他就是这样的实在，说的每句话都是大实话，不矫情，不做作。奇怪的是，他这样做并没有失去读者，反而赢得了读者。大家都觉得他憨厚、老实、真诚、善良，特别可爱。这让他的文章有一种与众不同的魅力和亲和力。这就叫做俗到了极致就变成了高雅。附带还要说明一点的是，他的语言也是俗到了极致的。如文中的车子屁股等词语，也是俗到了极点的，但它们无疑也是能登上文学的大雅之堂的。为什么平凡通俗的东西反倒能成为艺术呢？因为它能引起数量众多的读者群的共鸣，能吸引他们、征服他们。

貌似渺小，实则伟大。一对夫妻因吃不吃腊肉的问题而发生了争执，最后演变成了一场冷战。这是一件小到可以忽略不计的家事。但经过作者的生花妙笔，它便成了一个伟大时代的标志性事件，释放出了巨大的正能量。想腊肉的前世，在分田到户以前的那段时光，它是够风光的，它是美食王国中高高在上的"公主"，身价百倍，大家都抢着要。可再看看腊肉的今生，分田到户以后，它的处境便江河日下了。现在已沦落窗头，遭凄风苦雨吹打，看者有，求者无，它已嫁不出去了。腊肉的遭遇，说明了缺吃少穿的时代已经结束，幸福美满的时代已经开始。可要腊肉"公主"走出"王宫"也真不是件容易的事，是我们祖国的繁荣富强，促成了这件事。一是物资丰富了，美食王国中，姿容美、性情好、懂环保、会养生的"公主"已数不清了。二是交通便捷，商业发达，千万里之外的"公主"，随娶随到。三是人们口袋里的钱变多了，随便要娶哪位"公主"都能娶到。四是冰箱在普及，娶回"公主"有地方休息，要休息多久就可以休息多久。该文在取材与立意上采用以小见大的手法，通过因腊肉引起的这场小小的家庭冷战，敲响了旧时代终结的丧钟，吹响了新时代前进的号角，奏响了一曲颂扬我们伟大祖国的赞歌！看，它展示的场景多么宏大！

　　《窗台上的腊肉》是一朵奇葩。它是由一场小小的家庭冷战催开的一朵奇葩，是一朵平民百姓的奇葩，是一朵文学艺术的奇葩！

（原载《怀化日报》，2016 年 8 月 6 日）

心的独语　山的赞歌

——读姚筱琼的《想要一座山做我的手掌》

❧李鹊起❧

在 2015 年 8 月 10 日的《怀化日报》副刊上，我看到了大家熟悉的作家姚筱琼的新作《想要一座山做我的手掌》。这是一篇充满奇思妙想、很有特色、很有分量的佳作。走进这篇文章，就好像看到有位哲人在思索天地，又好像看到有位诗人在吐露心迹。走进这篇文章，就好像看到有朵白云在蓝天里飘逸，又好像看到有匹骏马在草原上奔驰。这是一篇难得的佳作，是一朵绽放在游记园林里的奇葩。

奇就奇在文章的题目，有异想天开之势。从文章的开头便知道，作者所说的这座山是雪峰山，因为雪峰山就像一只手掌。不过雪峰山有 350 千米宽，有 1 900 多米高，这是何等巨大的一只手掌啊！能配做它手臂的，必须高出它数倍，那就只有珠穆朗玛峰了。那么这个人一定是脚踏地头顶天，真正的顶天立地之士。这样的人在现实生活中是找不到的，大概只有传说中的盘古有这样的高度。而作者是位纤纤作步的文学女性，想要这样一座大山做自己的手掌，肯定是办不到的。办不到又要去想，这就奇了。这不是异想天开又是什么呢？再看下去才知道点儿端倪。原来作者在学伟人，因为毛泽东有座井冈山做他的根据地，诸葛亮有座卧龙岗供他韬光养晦，陶渊明有座南山供他修身养性。仁者乐山，伟人们都是仁者。因此作者也想学伟人、做仁者，也想要一座山，来做什么呢？做手掌。做手掌又是为哪般呢？她要让手和心脉连在一起，长成骨骼和血液，她要听周身血液汩汩流淌，看手心手背，大河山川。不过作者这番解说还是有些玄乎，有些怪，并不能完全消除读者心中的疑团。要想找到一个满意的答案，只有去看文章的主体部分，于是读者会急不可待地往下看。文章的这个题目极大地调动了读者阅读的积极性，极大地扩展了读者的思维空间。这个题目是文章的一个突出的亮点。它来得怪，让读者左思右想都想不明白。可当读者把题目搞明白的时候，这篇文章也就读懂了，读透了。

奇就奇在文章的章节，有雄峰连立之壮。文章除开头语之外，主体部分还有七个章节。应该说，开头语及各个章节都是一座座挺拔的山峰。它们各自呈独立状，都有其高度。开头语以仁者乐山开道，引出三位伟人的爱山，加上作者要山，使文章奇峰突起。正文的第一章写一条登山的路，看来是平淡的。但当年下放的知青用最简易的工具和最坚定的信仰，一锄一锄地挖出这条路，却是一座精神的高峰。华能人在这里修出了一个全省最大的风电场，又显示出这是一座力量的高峰。第二章写三个天堂。三个天堂乃三个地狱、三个鬼门关，是土匪杀人越货的地方。这样的地方似乎没有什么亮点。可在第二天堂的荒草中，看到了一块记载着李自成兵败后隐居此地屯兵种田，意图东山再起的残碑，还看到一座屹立不倒的闯王庙。文章在此处又奇峰突起了。第三章写合欢花。写一种植物是很难有什么突破的。但由于对舜与二妃的爱情故事的叙述以及对韦庄的《合欢》诗的引用，又使这章品位陡升，成了一首爱情的绝唱。第四章写八面山水库。万人苦战修坝的壮举、顾盼生辉妩媚动人的湖水，都是吸人眼球拨人心弦的。第五章写苏宝顶。老者救蛇精，蛇精报恩的故事更是惊天动地，给苏宝顶增添了神奇的色彩。第六章写苏宝顶的植被。写了一种草的明智：那些长在山背面的苔草，是不敢明目张胆张扬它们的成熟和梦想的。因为它们知道，成熟和张扬就意味着死亡的逼近。这是何等深刻的人生哲理啊！第七章竖起了两座奇峰：一座是科技之峰，袁隆平的第一株杂交水稻就是在这里长出的；一座是正义之峰、英雄之峰，抗日的最后一战在这里取得了震惊中外的胜利。这篇文章每个章节都有吸引读者的亮点，都有让人惊叹的神笔。

奇就奇在文章的表达，有诗情荡漾之美。该文采用的是诗歌的表达方式，因此流淌着各种各样的诗美。其一是跳跃美。诗歌写作的一个重要特点就是跳跃性，该文亦如此。开头语与主体部分之间，主体部分的各章节之间，都没有过渡句，更不用说过渡段了，都各自成为一个独立体。要仔细阅读，深入思考，才能找出它们的内在联系。如第四章的开头是："湖不大。"既不说明湖的名字，也不说明湖的位置，令人摸不着头脑。细看下去才知道这是怎么回事。跳跃也是各章节如峰矗立的一个重要原因。跳跃多为空间或时间上的，也有逻辑上的，如毛泽东想要一座井冈山，诸葛亮想要一座卧龙岗，陶渊明想要一座南山，这些句子就是按影响力的大小、知名度的高低来跳跃的。跳跃的状态，就像雾中山云中鸟，时隐时现，时出时没，有一种断续美，还有一种流动美，有时还能产生一种朦胧美，让文章如骏马奔驰，又如白云飘逸。其二是含蓄美。含而不露是诗歌表达的又一重要特点，该文亦如此。如开头语中说："我也想要一座山做我的手掌，和我的心脉连在一起，长成骨骼和血液。"此语就是很含蓄的。初看一遍不一定明白其中的意思。它的意思是：我要从雪峰山上吸取精神养料，让它的凛然正气变成我的骨骼（骨气），让它的盖世美景变成我的血液（灵气）。再如第四章的标题"一叶皈依于水"。本意是一片叶子掉到了水里，但它在该文中的意思却是：一片叶子虔诚地投奔到湖的怀抱里，它被湖水迷住了，从而表现了湖水的美，暗示作者也喜欢上了这片水域。其三是韵律美。诗歌是很讲究韵律的，该文亦如此。如开头语中的："就像父母的慰藉和牵引，一种遥远的掌控，一生的宿命。……大河山川，长长短短，高高低低，云卷云舒，风平浪止。"再如第三章末的："心为花，血为叶，花不谢，叶不落，一生同心，一世合欢。"这些句子长短搭配，简短明快，节奏感强，有的有韵，有的无韵，但读起来都朗朗上口。像这样的语句，在该文中随处可见。至于第一章开头的民谣，更是节奏明快、音韵和谐的精品。文尾的太阳没有子丑寅卯，月亮没有阴晴圆缺，则韵律美与含蓄美兼而有之。因为它有音韵上的对称美，又含蓄地说明时间在此静止不动了。其四是哲理美。诗歌里有些句子有很强的哲理性，读起来沉甸甸的。该文也有这方面的句子。如第四章中的："（罗翁溪）弱小的生命，以其曲柔守得大成，以其坚韧跨越千里。"再如第六章末的："（苔草明白）成熟和张扬意味着死亡的逼近。"其五是简洁美。以少胜多是诗歌表达上的一个重要特点。该文也有这方面的特点，如第一章中的盘山公路、颠簸、坑洼、狭窄、陡峭、险峻。再如第二章中的子夜、捕食的猫头鹰、睁开枯涩的眼睛、向绵延的山脉探望、警惕、冷酷、无声无息。作者用她的生花妙笔，将文章写得异彩纷呈，诗意盎然，美不胜收。

奇就奇在文章的构思，有一线穿珠之妙。这是一篇五千多字的长文，内容十分丰富。是怎样的一根线，把这纷繁复杂的内容串成一个整体的呢？这条线就是一个字：要。要雪峰山做她的手掌。开头语概括地说明了要的理由：雪峰山像手掌；伟人是仁者，都爱山。由是作者也萌生了要座山做手掌的想法。主体部分则是详尽而具体地回答了要这座山的原因。概括起来是一个字：奇。这座雪峰山太神奇了。构成奇的因子又有哪些呢？一是险。这里路险，民谣说：雪峰山，山连山，苏宝顶，连着天，要想上天看神仙，先过三百三十一道弯。上雪峰山主峰就像上天一样，不知要转多少道弯，爬多少个坡。还有关卡险，三个天堂就是三座雄关。在这里，一夫当关，万夫莫开。兵败后的李自成就看中过这里。二是美。这里花美：合欢花静静地开在山谷，粉红，迷人，像一位盛装待嫁的女子，满怀喜悦，带着温婉的笑容。这里水美：远远看去，清澈浅蓝的水中倒映八面青山，像一个明眸善睐的女子，顾盼生辉，妩媚动人。这里天美云美：登上苏宝顶，只见山越高，天越蓝，白云越安静，一朵云久久凝滞，在蓝天上像石化一般。开头语的最后一段，作者说，要仔细端详（雪峰山这只手的）手心手背，就是要欣赏雪峰山的美景。三是古。这里的植被是冰川时代的。这里的窨子屋遗世独立，拒绝变化，永远呈现原本的样子。这里的太阳在一个地方起落，月亮在一个地方浮沉。四是仁。修路的知青、起义的李自成、传说中的舜、修水库的民众、救蛇精的老者、研发杂交水稻的袁隆平、抗击日军的军民，都是仁义之士，有的还是大仁大义之人。五是大。雪峰山宽350千米，高1 900多米，横亘在湖南省的中西部，这样一个庞然大物，你不能说它不大。这只手握成拳头力量更大，一拳砸下去，能将嚣张一时蹂躏了大半个地球的侵略者砸成齑粉！真是大快人心。小小的一个"要"字，作用真是大。它不仅能将琳琅满目的珠宝"哗"的一下从雪峰山的宝库里拉了出来，而且能将它们穿成串，连成一个有机的整体，让人看得清，摸得着，拿得起，放得下。

细心的读者还会发现，"要"字在该文中还表达了另外两个意思：一个是赞，一个是想。作者爱这座山，想学这座山，发展的结果是想要这座山（做她的手）。要而不得，于是便明智地选择了赞，让自己对雪峰山的一片真情，通过手中的笔流淌出来，让大家都来认识雪峰山，亲近雪峰山，欣赏雪峰山。赞是爱、学、要三者的发展与提升。这是一首打着要之旗而行赞之实的通篇无一赞字的奇妙赞歌。它热情地歌颂了雪峰山的险峻、美丽、古老、仁义和伟大，撑起了文章的脊梁，使之也成为一座高大而令人叹为观止的雪峰。赞雪峰山是该文的主旨，也是作者写此文的目的。要与想也是我中有你、你中有我，不可分割。因为想而要，因为要而想。文章因为想而发展，又因想而丰满。想是经线和纬线，编织着这篇文章。哲人般的思，诗人般的想，让枯燥变得生动，让简单变得丰富，让肤浅变得深刻，让平庸变得精彩。作者敞开她的心扉，让我们看到她文静的、多情多彩的心灵世界。那从心灵深处飘出的朵朵白云，就是她游山时闪过的种种想法，就是这些想法演变成了文章的大小标题和章节。这是一篇心灵的独白，是用心语连缀而成的特殊游记。由于要对赞与想两层意思进行覆盖，它串珠统文的力度就更大了。赞，为文章定好了终点站，让所有的材料指向明朗化；想，又为这列车铺好了轨道，让它能顺利地到达终点。

作者心灵的溪流，自由自在地流出来，在流经雪峰山时，激起了朵朵浪花，带着浪花又静静地流进了人们的心里，于是雪峰山在人们的心中长出来了，高大起来了。

（原载《怀化日报》，2015 年 9 月 20 日）

小小锅巴粉　浓浓侗乡情
——喜读江月卫的《锅巴粉》

❖李鹊起❖

　　2015 年 7 月 13 日，打开新到的《怀化日报》，看到了江月卫的散文《锅巴粉》。月卫是位很有才华又有独特风格的作家。他的文章立刻引起了我的注意，燃起了我的阅读欲望。这是一篇写饮食文化的文章，但是作者没有停留在对锅巴粉的介绍上，而是通过对锅巴粉有关的人和事的描述，表现了侗乡的多姿多彩和无穷魅力，表达了作者浓浓的侗乡情。下面就谈谈作者是怎样借助小小的一碗锅巴粉将我们领进美丽的侗乡，感受她的无穷魅力的。

　　小小的一碗锅巴粉，将我们领进了侗乡的厨艺世界，让我们感受到了侗家美食的魅力。单听锅巴粉的名字就已让人想入非非。粉一般以臊子为名，如牛肉粉、鸡肉粉、猪脚粉、鸭腿粉等，我想这粉应该是以锅巴为臊子的。而粉又常以原料为名，如米粉、洋芋粉、绿豆粉、红薯粉等，于是我又想，这粉大概是将锅巴磨成粉末，再做成粉条……真是浮想联翩。看了文章的开头才知道，原来这种粉是将原料放在一块铁板上，用微火烤制而成，与锅巴的生成过程相似，因而取了锅巴粉这个名字。再看这种粉的原料，也让人大开眼界。它是用大米、青菜、四季葱、蒜叶、萝卜叶等食品碾碎和匀而成。这哪像一张食品清单，简直是一首绿色小诗，侗家人的想象力真是丰富。再看这种粉的佐料和调料，看了真是让人口水直流。将用原料煎成的薄纸一样的皮子切成条，煮好后，食用时需配上西红柿汤，加上用葱花、生姜、香菜、花生米、酸萝卜粒等配制的佐料和调料。这些佐料和调料都是能勾人食欲的。我没有吃过锅巴粉，就连名字也是第一次看到，但看了介绍后也很想吃上一碗。锅巴粉的魅力可真不小。月卫，我见过本人，长得十分结实，大概锅巴粉也是功臣之一。

　　小小的一碗锅巴粉，将我们领进了侗乡的心灵世界，让我们感受到了侗族人的人格魅力。文章写了卖粉的、吃粉的和看粉的三类人。在这三类人身上，我们都能感受到他们的勤劳、纯朴、善良和正直。卖粉的老板亲自为顾客煮粉放佐料，还要招呼顾客。他们是靠自己的勤劳、厨艺和周到的服务来兴家立业的。吃粉的人，匆匆吃粉，匆匆结账。有时递上一张五十元大钞，用手点一下正在吃粉的人头，这一个，那一个……一些只是面熟还叫不出名字的，也一起埋了单，结果不需找零了。当然，今天你请了别人，别人明天也会请你，真是其乐融融。待人的真诚与热情由此可见一斑。看粉的人，是指那些利用粉店人气旺，来擦鞋、卖报、卖打火机的，他们不吃粉，只能看老板卖粉、顾客吃粉，所以称为看粉人。在看粉时他们寻找自己的服务对象。他们虽然是处在社会底层的人，但是凭着勤劳的双手、见缝插针的服务，来赚取最基本的生活费。那黝黑的脸上写满了沧桑的擦鞋女来到你身边，只要你将脚伸出去，她就会马上蹲下来，认真地给你擦拭。她就是这样一元两元地积攒着家人的生活费和孩子的学费。那卖报的孩子，头发有些长，反复地问着吃粉的："买今天的报纸吗？"这时总会有人对孩子说："你吃锅巴粉不，我请客。"卖报的孩子摇摇头："我吃过了。"这种不卑不亢的精神也许就是大多数侗家人的性格。那位白发老奶奶，向人们兜售一次性打火机，收入是很低的。但这位孤老很要强，不要国家低保，不要别人施舍，靠卖打火机勉强度日，令人钦佩。老板与顾客的关系也是很融洽的。一个卖锅巴粉的胖子老板，为了让顾客吃上放心肉，自己养猪若干。饲料厂见他买饲料很勤快，便送他一件印有"××饲料"的衣服。当他穿着这件衣服上班时，一顾客看后产生了联想，便故意跟他开玩笑："你卖锅巴粉，怎么说是卖××饲料！"老板笑了，正在吃粉的也笑了，说："老板挖苦我们，这碗粉请客！"老板笑着说："没事，请餐把客小意思。"可是客人们走的时候还是照常付款，一分不少。老板一边收钱一边客气地说："算了吧，付什么钱，我请客！"在粉店里流淌的是温馨，演绎的是和谐。

小小的一碗锅巴粉，将我们领进了侗乡的文化世界，让我们感受到了月卫散文的魅力。月卫的散文不是珠光宝气的贵妇，而是衣着简朴的村姑。她不是靠夸张的装饰、显赫的声势来征服人，而是靠得体的衣服、本身的秀美来打动人。月卫的散文，讲究的是一个"真"字，追求的是真实、真诚。先谈真实。《锅巴粉》中的人物都是原生态的，生活中都有其原型。不管是戴着硕大戒指的、打麻将熬了通宵的、开玩笑要老板请客的食客，还是拿着勺子在粉店里忙碌的老板和举着报纸在人群中叫卖的孩子以及背着箱子拿着凳子的擦鞋女，我们都觉得很眼熟，都好像在什么地方见过。真实的东西，能唤起读者的联想，激活他们的记忆，引起他们的共鸣，因而产生艺术的魅力。要使反映的内容真实，语言就必须准确，有分寸感。如第一段中的"一碗粉七块钱，对拿工资的人来说不算太贵……对于庄稼人来说，也不算便宜"，就是很有分寸地讲出了这些食客的心里话，让大家觉得很靠谱，甚至会露出会心的微笑。追求真实，就不要对人物进行化妆，进行夸张渲染，要用白描的手法，反映生活的本真。文章对锅巴粉的制作以及对各种各样食客的描述，用的就是白描手法，就像画画中的速写，没用任何颜料进行渲染，但是他们给人的印象却是很深的。"千古文章重白描"的说法，想来确有道理。陶渊明、韩愈、柳宗元、苏东坡、鲁迅、沈从文等人的文章，多用白描，白描成就了他们在文坛上的地位。月卫是继承了这一优良传统的。再谈真诚。真诚有真挚、诚实、诚恳之意，它是一种态度，也是一种情感。月卫不管是对文中的人物，还是对看文章的读者，都是十分尊重的，都是满腔热忱的。对那黝黑脸上写满沧桑的擦鞋女，他深表同情；对那婉拒别人请客的卖报男孩，他赞赏其不卑不亢的人格；对那卖打火机的白发老奶奶，他表示了由衷的敬佩之情。对于读者他更是尊重和体谅。他不是拉腔拉调故作高深眼睛朝上地跟读者说话，而是平心静气和颜悦色实打实地来跟读者攀谈。他的文章不是写出来的，也不是讲出来的，而是侃出来的。他与读者保持着零距离。为了让读者掌握文章的思路，他在谋篇布局上，不拐弯抹角，或大起大落，而是让文章顺其自然，像小溪一样流淌。文章从锅巴粉的名称与制作处发源，顺势便流到了卖粉的人，很自然地便流到了吃粉的人，最后流到了看粉的人。思路十分清晰，哪怕文化水平不高的读者，一看也能明白。有人问湘籍作家韩少功："在您评价作家的私人尺度里，最看重的是哪一点？"他的回答是："要诚实。不要装。装文化，装烈士，装时尚，装贵族，装草根，装任性……这些玩意儿一嗅便知，肯定坏胃口，不耐长久。"也许就是诚实的态度成就了韩少功。月卫就是在诚实的道路上稳步前进的。他的这篇文章也像锅巴粉一样，用的是普通的材料，读起来却是味道酽实，读了还想读。字里行间流淌着浓浓的乡情，让人掩卷难忘。也许因为这篇文章，锅巴粉会走出侗乡，走出怀化，走出湖南……

（原载《怀化日报》，2015 年 7 月 27 日）

无限风光在险峰

——读晓宁的《熊孩子实习在加州》有感

❦李鹊起❧

2016 年 7 月 12 日《怀化日报》"百姓手记"栏目中的《熊孩子实习在加州》，是一篇难得的佳作。文章通过熊妈对熊孩出国实习前后过程的叙述，让我们看到了在陡峭山路上攀登的一家三口各自的独特追求，他们在做人、育人、写人方面所表现出来的勇气和智慧，以及在攀登中所得到的沉甸甸的收获。

熊孩独特路

熊孩是一个刚进入大四的在校学生。大四有一个很重要的学习任务就是实习。一般孩子对实习单位的选择是求近求易，对实习内容的选择是宁肯多花钱，只求少费力。而熊孩的想法则完全相反，选实习单位时，他是求远求难，选实习内容时，他宁愿自己多吃苦，也要挣钱养活自己。

他萌生了一个想法：去美国实习。他学的是英语，美国是英语国家，对他学习口语和西方文化十分有利。美国又是高薪国家，他可以利用实习打工的机会，挣一笔钱来解决自己的学费问题，并从中抽出一部分来孝敬终年辛勤劳动的父母。

想法真是好极了。可是当他把自己的想法跟人说起时，人们的反应却很冷淡，认为这是癞蛤蟆想吃天鹅肉，异想天开。可是他不气馁，凭一部手机一台电脑打通了各个关节，办好了出国实习的有关手续，最后终于到广州领事馆完成了面签。

办好手续虽然是出国实习的一个重要环节，但对于真正实习来说，还仅仅是"纸上谈兵"的阶段。但是熊孩就是有熊孩的精彩。他虽然没有熊成猫样，像熊猫一样成为中国的国宝，成为地球的球宝，但他熊成了猴样，一个筋斗便翻过了太平洋，从中国翻到了美国。他乘坐的飞机日夜兼程，穿云破雾，平稳地降落到了美国的心脏地区——加州。

他被分配到约塞米蒂公园的餐厅里工作。在异国他乡，语言、生活、工作都有诸多不便，但他克服着，适应着，坚持着。他热情洋溢地生活，精神饱满地工作，终于获得了同事的好评，赢得了主管的大拇指。他的宿舍里有九个人，分属七个国家，可以说是一支多国部队。这给他学习各国文化提供了一个好机会，让他受益匪浅。

熊孩的路，是一条充满艰难、充满挑战的路，是一条不断超越自我、不断攀登高峰的路。

熊爸独特方

熊孩在人生道路的选择上表现得如此出色，这跟他父母的精心培育是分不开的。特别是他父亲，在培养和教育孩子方面有他独特的方法。

当熊孩将打算去美国实习的想法告诉他时，他的表态是："好，好，可这事我们帮不上你。"既对孩子的想法表示赞许、支持和鼓励，又提醒孩子，路要自己走，不能仰仗家里和别人的帮助。当孩子遇到困难裹足不前时，他提醒孩子：有些事只有经历了才知道。与其害怕，不如面对，没有什么大不了的。他鼓励孩子咬紧牙关坚持下去。

培养孩子刚毅的品质和独立生活的能力，让他到广阔的世界里去经风雨见世面，是熊爸教育孩子的核心观点。熊爸是这样想的，一路走来也是这样做的。当熊孩还小的时候，熊爸就带着他跋山涉水，徒步穿越。中坡、凉山、张家界都留下了他们一家三口的足迹。熊孩进入大学后的第一个寒假，熊爸还带着他骑自行车环游海南岛。

但到了第二个暑假熊孩组织同学支教时，熊爸便不再插手，完全放手让他自己去干。

熊爸的这种育人方法，人们称其为放养。可是现在有些家长却热衷于圈养和笼养。孩子去读书，家长还要陪读，生怕孩子有什么闪失。要知道放养出来的孩子与圈养、笼养出来的孩子在独立生活和应对挫折的能力方面是完全不一样的。

历史的经验教训值得我们借鉴。曹操，在小说中虽然口碑欠佳，但在教育孩子方面却绝对是一个成功的父亲。他采用的方式是放养，要孩子自己去拼搏，结果个个中用，曹丕成了政治家，曹植成了文学家，就连最小的儿子曹冲也是个神童。魏国在他们手中越来越强，越来越大。刘备，在小说中虽然口碑很好，但在教育孩子方面却绝对是一个失败的父亲。他采用的是笼养，将孩子关在宫中，让他们娇生惯养，成了温室里的花朵。这使他的儿子刘禅成了软弱无能的代名词，叫做"扶不起的阿斗"。好端端的蜀国就断送在他的手里。如今曹操的后代有数万之多，而刘备的后代却难寻。难道我们不应该吸取刘备的教训吗？

熊孩的父母将孩子放养到几万里之外，虽然会牵肠挂肚，但是他们收获的却是一个又一个惊喜。

熊妈独特文

如果说熊爸是用精神成功地塑造了熊孩的优秀品格，那么熊妈则是用文字完美地绘出了熊孩的动人形象。在行文中，熊妈有独特的美学追求，用的是一些与众不同的方法。

首先是心灵映照法。熊妈用自己的心灵摄像机将熊孩的情况摄下来，再去放给读者看。因为有了熊妈心灵的消化、取舍和加工，因此放出来的录像就更集中、更生动。看这样的录像能感受到两个人的心跳。这种以心灵去写心灵的方法，能提高读者对熊孩的关注度和亲近感，因为受到熊妈感情的引领，便不知不觉关心起熊孩的发展和命运来了，还能使文章如行云流水般自然流畅，再大的时间与空间跨距，只要熊妈一个转念便轻巧地飞过去了。还能使文章简洁明快，因为经过熊妈的加工处理，繁文缛节都被删掉了。这一写法是该文获得成功的关键，因为她抒的是真情，写的是实感。

其次是双线表述法。一条是明线，写熊孩的实习。从实习话题的引出，到实习计划的形成和实习手续的办妥，再到实习地的抵达和实习计划的成功实施，整篇文章都是围绕着实习而转，表明"癞蛤蟆吃到了天鹅肉"。另一条是暗线，写的是熊孩的"熊"字，题目中在孩子的前面加了个"熊"字，说明孩子与熊有缘，文章与熊有关。从实习单位"约塞米蒂"就是熊的意思，到有一只熊居然到宿舍里来"拜访"他这个远道而来的"同宗"兄弟，再到熊在水中英勇搏斗的场景，说明文中确有一条时隐时现的关于熊的线索，说明熊孩也像熊一样憨厚和勇敢。明线着重描绘了熊孩的形象，暗线则揭示了熊孩的精神。明暗结合，让熊孩形神兼备，生动感人。

再次是细节点题法。就是用细节来点明主题。文章用熊在激流中抓鱼被石头割破嘴脸的细节形象地说明熊孩孤身一人到美国闯世界之不易，他的勇敢精神实在可贵。文章还用了一些细节来揭示熊孩这次美国之行的收获。这些收获也可以说是他这次人生探险所看到的美景。一是劳动的美景。报酬特高，时薪 11 美元，换算成人民币，月薪就是 17 000 多元。二是时代的美景。足不出户就能办好出国的有关手续。在大洋彼岸跟父母交谈也就像跟隔壁房间的人说话一样方便。这都得感谢互联网。三是祖国的美景。熊孩在美国以及地区的公园里偶遇奥巴马，并一住就是数月，尽

情领略了公园的美景，感受到了作为一个中国人的荣耀与自豪。多精彩的细节啊，真是韵味无穷，风光无限！

结束语

熊孩的一家都在攀登各自的山峰。熊孩在攀登人生的山峰，熊爸在攀登教育的山峰，熊妈在攀登写作的山峰。他们也都看到了各自的美景。我感到高兴的是，熊孩逸民、熊妈晓宁是我们怀化三中的校友，熊爸孙勇则是我们同一战壕里的战友。我希望他们在今后的日子里攀得更高，走得更远，到那时看到的景色将会更美！无限风光在险峰啊！

（原载《怀化日报》，2016 年 9 月 26 日）

在土得掉渣的后面

——谈江月卫《犁地》的美学追求

李鹊起

20 世纪 90 年代初，知名作家谢璞到我们怀化讲过一次学。在回答作品怎样才能达到国际水平这一问题时，他发表了十分精彩的意见。他说："越土的东西，越土得掉渣的东西，越能达到国际水平。因为它是民族的、唯一的、不可替代的，它的出现能让世界文学出现新品种、新成员。"根据谢璞的这一观点进行推断，那么，我们怀化的文学要想在全省、全国占有一席之地，就必须有怀化的土得掉渣之处。读了江月卫的小说《犁地》后，我觉得它就是一篇土得掉渣、有着鲜明的怀化特色的好作品！这篇小说不管是人物还是情节，不管是背景还是语言，都有着怀化的土气。

为什么这样一篇有着土气的小说却这样吸引读者、征服读者、震撼读者呢？作者藏在土得掉渣的后面的高明之处，或者说可贵之处在哪里呢？他追求的又是什么呢？

作者有一对敏锐的眼。他能透过现象看到本质，透过平庸看到深刻，透过祥和看到危险，透过现在看到未来。农村将耕地抛荒的现象已出现好多年，人们都习以为常了。可是作者却从中发现了潜在的危险和可怕的后果，从而构思了这篇以强调农村转型中的粮食安全为主题的小说。小说通过对主人公吴修善的精心塑造，深刻而有力地表达了主题。当吴修善看到好好的田地被荒废的时候，一边修整田埂一边骂："你们这些鬼啊，真是要遭天杀，挨雷劈啊，这大丘大丘的好田地都拿来荒！"当儿子要他别种田时，他痛斥道："你知道什么叫灾荒吗？你知道什么叫颗粒无收吗？六〇年兆堂爹藏了一罐子钱，可结果怎么样？还不是把他姐活活饿死……钱是钱，粮是粮，一码归一码。"这篇小说也正是因为有了这一主题而变得厚重，因为粮食安全关系到每个人的生存状态，关系到国家的长治久安。饥荒这一问题一直在困扰着世界，也困扰了中国几千年。中国历次农民起义都是由饥荒引起的。也许有人会认为我国粮食已很充足，不会有问题。但如果大家看看最近报纸上公布的数据，心里就会乐观不起来了。据 2009 年统计，我国的人均耕地面积是 1.52 亩，世界的人均耕地面积是 3.38 亩，不到世界平均水平的一半。还有城镇用地在不断地蚕食耕地：1996 年到 2009 年期间，我国城镇用地增加 4 176 万亩，占我国耕地总面积 20.31 亿亩的 2%。占用的大都是优质耕地：仅东南沿海五省就减少水田 1 798 万亩，相当于减掉了福建全省的水田面积。至于抛荒的耕地相当于几个省的耕地，没有人统计无法知道，但面积一定不小。最近几年之所以没有发生粮荒，一是因为我国实行了严格的计划生育；二是因为这些年来还算风调雨顺，没有出现大的自然灾害。一旦人口增长放开些或者出现大的自然灾害，粮食安全的防护堤就会被冲垮。粮食安全如此重要，因此小说中的铁杆主耕派吴修善对弃耕派的义正词严的申斥，必将产生巨大的冲击波。眼睛敏锐的实质是思想的敏锐，说明作者有很高的思想水平，有良好的思维品质，能站在历史的高度来看问题，来打点作品。思想是作品的灵魂和骨架，有了好的主题思想，作品才能挺立起来，打出去的拳头才会有力，品位才会提升。作者追求的是高品位、高格调，这也是小说虽然土，但不低俗的原因。

作者有一颗多情的心。作者将自己的一片深情都倾注给了怀化这片热土。关于这一点，我们从小说中可以深切感受到。小说中的人物，不管是主耕派还是弃耕派，我们都觉得既可亲又可爱，甚至对一架犁一头牛我们都有这样的感觉。为什么会这样呢？这是因为作者爱怀化爱得太深沉了，因而不知不觉地便将爱流淌到他写的人或物的身上。由于作者热爱怀化，进而推动作者自己去亲近怀化，学习怀化，融入怀化，最后成了怀化通，成了怀化的百科全书。从作者写修犁和教牛这两个情节可以看出，他对相关知识和技能的熟悉，真是比老农更老农。爱怀化熟悉怀化，又推动了作者写怀化，并写得像怀化，写得形神兼备，既有古月扮毛泽东的形似，又有唐国强扮毛泽东的神似，从而使土得掉渣的小说升华成了一种高雅的艺术。作者写怀化成功的原因是"情"，他爱怀化；他成功的秘诀是"像"，他坚持原汁原味地写怀化。乡土是文学的根，沈从文在湘西凤凰只生活了15年，他的作品都是在远离湘西的北京等地写的，但他的文学的根始终扎在湘西。作者也有乡土情结，他把根扎在了怀化这片土地上，他的文学之树必将枝繁叶茂，硕果累累。"世界越来越一体化，人类精神生活趋同化是显见的事实，于是坚守文化的地域性，文学的本土化，致力中国经验的深刻表达，无疑具有深刻意义，这也是保持世界文学的多元性和丰富性的重要途径。"（雷达语）作家应该坚守脚下的土地。

作者有一双灵巧的手。小说不仅有良好的思想导向、浓郁的乡土气息，而且还有鲜明的个性特点。作者通过他的巧手将繁多的内容组成了一个线索分明、前后照应的严密系统，既疏密相间摇曳多姿，又环环相扣波澜起伏。小说共写了三件事：修犁、买牛、犁地。但每件事都不顺当，有波折：修犁是买不到犁尖，几经周折才托人买到；买牛是先在田家坪赶场未买到，后赶朱家场才买到，价贵，花了六千多元；犁地的波折最大，第一次犁未成功，第二次不仅没成功，牛还把吴修善都踩伤了。小说的第一句话："吴修善正在修犁的时候，突然听到一声牛喊。"很巧妙地将修犁、买牛两条线索一起提了出来，而且为兆堂办菜牛场做了铺垫。吴修善第一次驯牛失败，后来到兆堂家看菜牛场，又为他第二次驯牛失败，而且受了伤做了铺垫。小说就是这样上下勾连前后照应的。作者还通过他的巧手对人物进行精雕细刻；通过对行动、语言和心理的描写，使人物栩栩如生。吴修善是视土地如命根的种田老把式，虽然年过七十，但当他把脑壳晕的病治好后，就赶回家种地，亲自修犁买牛。当他被牛踩伤住进医院后，仍想着要把自己的田犁好。他是对粮食生产的重要性有清醒认识的老一辈农民的代表，对于抛荒的行为他大胆地进行了谴责。敦云老婆是年龄稍微小于吴修善的同辈人，他们之间喜欢开一些善良有趣的带"荤腥"的玩笑，这使他们的性格更鲜明。敦云老婆的心是善良的，曾协助吴教牛，还表示愿意帮吴扯秧。兆堂是个养牛专业户，脑子较活，会开拖拉机，如果政策有所变化，他有可能会转行搞粮食专业户。作者还通过他的巧手从生活中采集了许多有生命力的方言、俗语来装点小说，如"偏厦""走高了""蛮子强盗""周岁牛背犁头""树老根多人老艺熟"等，这使小说有一种土色土香的地域美。

追求思想的张力、追求乡土的魅力、追求个人的实力，这是《犁地》给我总的印象。作者的美学追求是：朴素、自然、厚重、独特。他所走的路无疑是一条正确的路、阳光灿烂的路，希望作者能取得更大的成绩。下面我给作者提三点建议：

（1）希望能给《犁地》写一续篇。因为小说中的农村太阴沉，唯一的主耕派也被牛撞倒踩伤了，希望全没了。而我们是不能让田永远荒下去的。希望续篇中有一个青壮年来天井寨搞粮食专业户。本村的可以考虑兆堂，或者从外地空降一个来，给农村一点生气、一点亮色。

（2）选同音字来表示方言的时候要尽量避开在意义上会造成干扰的字。"几唰条铲过去"中的"铲"字就会使读者担心这铲子铲下去会把牛铲伤，如果用"缠"，读者就不会有这个担心。如果一定要用"铲"，就要在字后注明是"抽"或"打"的意思。作家心中要有读者，要尽量为读者着想，为他们提供方便。这样才会走得更远，读者才会越来越多。

（3）要尽量给自己营造一个文学家园。本文中的天井寨，山势地貌、房屋溪流等都未写到，给人的印象模糊，希望续篇中能写清晰点。沈从文有个边城；鲁迅有个未庄，还有个鲁镇；孙犁有个白洋淀，莫言正在为他的作品打造一个高密乡。他们的经验值得借鉴。我希望我们怀化能有更多作家来写活怀化、写火怀化，让怀化吸引全国各地的眼球，吸引世界各地的眼球。

（原载《怀化日报》，2014 年 1 月 16 日）

声东击西　引人入胜

——读木兰的《秤砣消》

❦李鹊起❦

在 2015 年 9 月 19 日的《怀化日报》副刊上，我看到了木兰的《秤砣消》，读后我便喜欢上了这篇文章。之后曾多次翻看这篇文章，每次都被它吸引，每次都有新的感觉，不看完不肯罢手。为什么这篇文章竟有如此大的艺术魅力，让人百读不厌，常读常新呢？我想这跟文章采用了一种特殊的手法有关。由于采用了这种手法，文章摇曳多姿，波澜起伏，异彩纷呈，引人入胜。这种手法我叫它声东击西。

声东击西，波澜起伏，悬念迭出。声东击西是军事上的一种计谋：本想攻打对方的西边，却又把这一意图隐藏起来，反而大造攻打对方东边的假象。待对方将西边的主力调往东边支援时，又回头去攻打对方的西边，从而轻松地拿下西边的阵地。这种用兵，神出鬼没，让对方摸不着头脑。此策用到写作上时，作者也是先把要写西边的意图隐藏起来，而去写东边，让东边来为西边造势加分。写文章时一次声东击西的运用，常常能掀起两个大波，一个是声东之波，一个是击西之波。击西之波一般比声东之波更大、更高、更有力。如文章的开头，先写了秤砣的厉害：秤砣虽小压千斤，说明它作用大；吃了秤砣铁了心，说明它决心大。这就像黄河之水天上来，让文章陡生一波。这是文章的声东部分，它把秤砣抬举得高高的。可是紧接着文章一转，这不可一世的秤砣便没戏了。因为有样东西能把这毫无情面可讲的秤砣给消灭掉，它叫秤砣消。真是一波未平另一轩然大波又涌了起来。这便是文章的击西部分。"醉翁之意不在酒"，原来作者抬举秤砣的目的是抬举秤砣消，让秤砣消出场站的位置更高，声势更大。这一波比前面的波来得更猛更持久，它的余波又激起了一个又一个的后续波，一直延续到文尾。由于该文连续多次使用了声东击西的手法，形成了一条声东击西的长链，因而使文章跌宕起伏，波翻浪卷，非常壮观。由于作者不轻易将自己的意图暴露给读者，因此读者读此文时只能在朦胧中前进，只能根据自己的经验去猜想预测下文的发展。这样，悬念便一个接一个地从读者的脑子里飘了出来。如看了秤砣厉害的语段后，读者就会想，作者大概会继续将秤砣厉害的文章写下去，因为文章来势不凡。可就在这时秤砣却悄然退出了舞台，秤砣消这种物什登场了。这物什是何方神圣，竟能将铁面无情的秤砣给消掉呢？读者想，作者大概要将这种物什大书特书了。这样的物什当然是有的，比如强酸、高温。强酸能使秤砣变成另一种物质，高温能让秤砣由固体变成液体。可是作者就根本没让这些东西露面，而是转到另一种层面的秤砣消上去了，让读者又扑了个空。"是那些疖子、脓包让我见识了它的厉害。"很显然这里的秤砣消已不是物什，而是一种草药了。作者就是这样不断地让读者来捉迷藏。而愈是让读者猜不着的东西，就愈能激发读者的好奇心和阅读欲望。这就是这篇文章能像磁石一样吸引读者的原因。

　　声东击西，异彩纷呈，妙趣横生。声东击西在军事上能催开智慧之花。当西边的主力被调往东边之后，西边的阵地便空虚了，这时派出不多的兵力便胜券在握。而在写作上却能催开艺术之花。由于声东击西手法的采用，文章由起点驶向终点的过程，就不再是一根直线，而是一条充满曲折的路。而曲折正是孕育艺术之花的沃土。飞流直下的瀑布，像子弹一样射向前方的直流，都不会有鱼虾，只有在洄水湾中才会看到鱼虾成群结队。这也是艺术家们都重视曲折的原因。就拿作为草药的秤砣消的出场过程来说吧，就绽放了一朵又一朵的艺术之花。草药的出场同样采用了声东击西的手法。先不谈草药，而大谈童年的淘气。写淘气又分两个层次：先写淘气之乐。下河捞鱼，上树掏鸟蛋，去大山里走访每一处溶洞，乐此不疲。后写淘气之痛。由于不讲卫生，每逢痱子如春笋般长出，便是为顽劣埋单的时候了。痱子被抓破后，被手上的细菌喂大喂肥，演变成一个个锃亮锃亮的脓疱。那额头、鼻子上的脓疱真心叫个疼。每当这些脓疱有呼之欲出，呈破竹之势时，疼得人心发慌，茶饭不思。经过此番对脓疱的铺陈叙述后，一种叫秤砣消的草药终于登场了。母亲披一身晚霞，找来了秤砣消，将它和着苦瓜叶等物什一起捣烂，然后用捣烂的草药将脓疱团团围住，仅露出丁点儿疱头。这些疱头，有的灌了脓，黄澄澄的；有的长势正好，红彤彤的。但过了两天，这些脓疱就像被箍了个紧箍似的，药汁越干就越紧。再过几天，脓疱要不就被箍出了脓汁，要不就偃旗息鼓，兴不起什么风浪，像被霜打了一样，完全蔫了。这一草药的出场，至少绽放出了三朵艺术之花：一是童年淘气之花，二是草药神奇之花，三是母爱温馨之花。这些艺术之花，也是文章所释放出的一个又一个的精彩场景。加上这之前与之后所出现的各种各样的精彩，整篇文章可以说是异彩纷呈，就像一条美轮美奂的艺术长廊，让人目不暇接，美不胜收。文章一开始就把我们领进了有趣的神话世界：孙悟空大战黄袍怪。孙悟空把黄袍怪比作尿泡，虽大却无斤两，而把百花公主比作秤砣，虽小却能压千斤。真是妙极了，也有趣极了。紧接着又把我们领进了谚语世界。那谚语中的铁文化，也是够有趣的：称决心大为吃了秤砣铁了心，称关系硬为铁杆，称手段强悍为铁腕。接下来又把我们领进了有趣的儿童世界。这黄毛丫头下河捞鱼，上树掏蛋，入洞探奇，其野劲与疯劲，与野小子比，也是有过之而无不及。更有趣的是，当她脸上生疱，头上长角，为脓疱所困时，叔伯们送了她一个美名，叫包大人。真是让人忍俊不禁。接下来又将我们领进了草药的神奇世界：那绿色的草药，将疱头团团围住，没过几天，那脓疱便偃旗息鼓，溃不成军。接着又把我们领进了草药的名称世界。这草药的绰号叫秤砣消，这名称可有分量啦，就像兵家手中的一件重武器，威风凛凛，杀气腾腾。它的小名叫夜交藤，它就像一首浪漫诗：徐徐夜风里，藤和茎曼妙交合，天地玄黄，星空浩渺，真不知有多少我们所不知道或者遗漏的美好乐章。它的大名叫何首乌。

这可是一篇吸引人眼球的传奇，因为鲁迅的百草园中有它的故事。这三个名称的出场，作者是按照由生疏到熟悉的原则来安排次序的，因而趣味盎然。这中间当然也有声东击西的一份功劳。如果倒过来，由熟悉到生疏，那将会索然寡味。

声东击西，有章可依，无懈可击。本文的声东击西，绝不是放乱枪，而是严格地按照写作的规律来办事的，并紧紧地扣住文章的关键与节点。在立意上，它紧紧扣住母爱的温馨。文章以母爱统领全文，写了母爱的"三步曲"。第一步是写母亲披着霞光找来秤砣消，替童年时期的作者治好了疖子脓包；第二步是写母亲用秤砣消治好了青年时期作者眼边的无名肿毒；第三步是中年的作者想认识和研究一下秤砣消这味药，母亲为了不让自己的女儿遭日晒，自己顶着烈日替女儿找来了新鲜的秤砣消。从母亲三次为女儿找秤砣消，作者深深地感觉到，母亲就像遮阳挡雨的保护伞，就像消灾弭难的观世音。因而文章最后水到渠成地点题：只要有母亲在，有母亲的爱陪着，世间一切磨难、困苦都会被一一消融。母爱温馨这一主题的确定，让文章的所有材料都百川归海，找到了归宿，让所有的声东击西之举，都找到了最后终点。在行文上，它紧紧扣住文章的题目。文章对题目进行了一次又一次的解读、一次又一次的挖掘。紧扣题目写了秤砣消似的物、秤砣消似的药和秤砣消似的人。线索十分清晰，行文非常严谨。在取材上，它紧紧扣住作者的经历。文章写了作者童年、青年、中年三个阶段与秤砣消打交道的故事。由于文章都是用作者自己的视角来看事物的，因此有鲜明的个性，这也正是艺术所需要的。由于作者写了自己的心路历程，因此文章的档次大为提高，由知识小品上升为人生感悟。在修辞上，它紧紧扣住比喻的手法。整篇文章就是用两个比喻撑起来的：第一个是秤砣消这味草药就像秤砣消那种物什一样厉害；第二个是母爱就像叫秤砣消的草药那样神奇和灵验。行文时，又是先出喻体，以此来为后面的本体造势加分，架桥铺路。这也是本文采用声东击西手法的一个内在的也是最根本的原因。行文中有一个统率全文掌控全局且很有积极意义的主题，由于本文时时处处都扣紧了"秤砣消"三个字，且严格按时间先后来谈自己的经历和感受,并采用比喻连用的方式来撑起文章的骨架,因此本文成了一个构思精巧、布局严谨的有机整体,真正地做到了无懈可击,没有任何的空子可钻。

根据文如其人一语的提醒,对于未曾谋面的作者,我常常逆向而行,透过作品的窗口,去眺望她的音容笑貌,去探究她的处世为人。读了木兰的《因风飞过蔷薇》,我立马觉得作者是一位才女。因为将一树蔷薇写得如此的痴情、如此的诗情荡漾,绝非等闲之辈所能为之。文中解不开的红楼情结,既让我感觉到作者文化功底不浅,也让我感觉到这位才女的身上也有一抹林黛玉式的哀愁。可是看了《秤砣消》后,这林氏的淡淡哀愁,被一扫而空了。因为在作者身上我们可以看到孙悟空式的开朗、乐观和机智。她已不是云遮雾绕的古代佳人,而是阳光灿烂的现代女性。《因风》一文多少有点封闭,文化水平低的人是难入其境的;而《秤砣消》一文则是雅俗共赏,全方位开放,水平高的文人雅士能从中得其乐,水平低的凡夫俗子也能从中获其趣。《秤砣消》一文还让人感觉到作者是一位孝女。这是一篇对母亲的赞歌,全文充满了感恩之心。其实作者的名字就表明了她要学习古代的花木兰,为了替父母排忧解难,自己要承担起责任。后来我终于见到了作者,得知她是一位英姿飒爽的公安战士,自此我对作者又加深了认识。她是一位合文武于一身、融古今于一体、吸雅俗于一堂的奇女。才女、孝女、奇女,也许就是这三种身份、三种人生,铸造出了《秤砣消》这样的精品、妙品!

(原载《怀化日报》,2015 年 11 月 23 日)

天　梯
——读《怀化日报》"百姓手记"有感

❈李鹊起❈

　　读着《怀化日报》上一期又一期的"百姓手记"栏目中的文章，我的眼前出现了一架伸向九霄云外的长梯。这是一架通向文学天宫的天梯。这架天梯在两类人中产生了积极的影响，并给他们提供了宝贵的帮助。

　　一类是那些已得文学之道并久居文学天宫的仙人们。这个栏目的开辟让他们萌生了下凡之念，进而实施了下凡之举。这些仙人原来也是凡人，但在天宫中待久了，凡人的事则有所淡薄、有所遗忘。这样一来，他们的艺术生命便开始枯萎。现在好了，经过该栏目的提醒和帮助，他们沿梯而下，又来到了凡间。这就叫做接地气。作家只有扎根在人民群众这片土地里，去吸收水分和养料，才能创作出人民群众所喜闻乐见的好作品，文学之树才会长青。

　　另一类是那些仰慕文学的凡人。他们拥有的是地气，缺少的是文学的仙气。以前他们仰望悬于天上的文学，觉得那是仙人的专利，凡人是无法问津的，只能望天兴叹。现在好了，他们眼前就出现了一架梯子，只要他们有兴趣、有勇气、有毅力，敢去攀登，并不断地去攀登，是有可能沾到文学的仙气的。他们都跃跃欲试了，动笔写起来了。

　　在栏目中我们看到了仙人们下凡的佳作，也看到了凡人们出手不凡的试笔。仙人们的文章会受到重视，他们大名鼎鼎，见其名便想读其文了。至于凡人的文章则往往会被忽略，因为他们名不见经传。因此我在这里想分析一下两篇凡人的文章，以勾起大家对凡人之作的兴趣。

一篇是 9 月 19 日刊登的《他》，一篇是 7 月 4 日刊登的《三笔清白账》（以下简称《三笔账》）。《他》的作者叫杨仲原，《三笔账》的作者叫邱朝平。文中的事情发生时他们都是打工者，杨在打字店打工，邱在帮人盖房子。他们的家都在农村，杨在文中未透露他家住何处，但在另一首诗中却透露了他是一个寨子里的寨民，那是比农民更农民了。至于邱受村支书管辖，那是正儿八经的农民了。两个人都是学生，杨是在校学生，只不过利用暑假打工挣点生活费；而邱则是离校多年已在农村扎根的回乡学生，这从他写的文章中可以知道。从以上情况看，他们都是凡人，是真正的平民百姓。

首先在取材方面，我认为他们都挖到了金矿。杨在茫茫的人海中、在乏味的打字工作中，找到了一个金光闪闪、乐于助人的老共产党员。他年老体弱，为了让一受灾户能住到房子，先是到有关方面打听政策，接着又为他代写报告，因他的字写得太糟糕，见不得公婆，于是又到打字店打印。接下来他还要到有关方面去投递、去争取……大概问题得不到解决，他的努力就不会停下来。真是一个让人钦佩的好人！邱则在一次与村支书的约谈中挖到了金矿，让他看到了农村基层干部的工作作风发生了新的变化，也让他受益不浅。两篇文章都显示了中央从严治党的举措在农村已初见成效，并表现了党的惠民政策和精准扶贫的春风已吹到了田间地头。文章紧紧地扣住了当前的热点问题，释放出了宝贵的正能量。

其次在组材方面，两篇文章都做到了以少胜多。两篇都只有千字左右的篇幅，可是容量却是很大的。《他》包含了两个故事：一个是一户住在山顶上的农民遭受火灾的故事；另一个是一位老党员帮助这个受灾户摆脱困境的故事。这两个故事的内容是很多的，但作者只摘取了老党员来店里打印请求政府救济的报告这个片断，就把两个故事清晰地展示在读者的面前了。《三笔账》写了三件事：为公家做工，做完后，工资接着便能兑现；违背了村民公约，要交绿色基金，要写检讨；为公家的事误了工要发误工补贴。这三件事要把它们的来龙去脉讲清楚，内容也是很多的，但作者只通过与村支的一次约谈，便很巧妙地把三件具有正能量的事都说清楚了。

再次在手法方面，两篇文章都有值得称道的精彩之处。

《他》采用欲扬先抑的手法，收到了很好的效果。该文写一位老党员的目的是颂扬他帮人解困的好品质，可是开头和中间很长的篇幅却根本没提到他帮人的事，反倒列出了他很多的缺点：身上有异味啦，写的报告有错别字、有病句啦，看报告时要大声念出来啦，而且口水飞溅……给读者的印象是：一个让人心生厌恶的糟老头！讲到他要打印的报告时，也不说明这报告是他为别人写的，因此读者都认为他就是那个遭受火灾的农民，是为自己的事奔忙。这样，读者的感情便一直停留在同情这个区段里，只觉得他很可怜。一直到打完了字，老人离开时，听到他跟打字员说的一句话，读者的看法与情感才陡然大变。他说："我今年92了，92岁的党员啊！做这些东西就是为人民服务！"原来老人是在为别人做好事。老人的形象在读者的心目中立刻高大了起来，一下便变得可爱可亲可敬了。他的那些缺点一下便变成了金光闪闪的优点了。身上有异味，说明老人没有足够的换洗衣服，没有最起码的洗浴设备，自己还处在贫困中，可是他自己不去脱贫，反而要去帮助别人脱贫。口水飞溅，说明他年老体弱，已经到了口水都管控不住的程度了，应在家颐养天年，可是他却还要去为别人奔忙。他不会默读只会唱读，说明他只有小学低年级的文化水平，可是他却还要去为别人写报告。真是太让人感动了！真是太崇高了！欲扬先抑的手法就是能产生这样颠覆性的奇异效果！

《三笔账》则是通过一波三折的手法来表现主题的。作者接到村支书的约谈电话后，心中是有些忐忑的，担心没有什么好果子吃。可是到村委会后，村支书要他做的第一件事就是领上个月挖地植树的2 850元工钱。这让他又惊又喜：惊的是工资兑现得竟这样快，以前拖欠三五年都是常事；喜的是这样一大笔钱便进了腰包，来的时候他可没有想到啊！正当他高兴放松的时候，村支书的脸阴了下来，批评了他上周星期二点火烧田坎的错误，按照村民公约的规定，要他交两百元绿色基金，并写份检查，贴到大门口。他的心情一下跌到了谷底。他知道自己错了只好照办。正当他灰溜溜准备回去时村支书又叫住他："今天耽误了你半天时间，你写张领条，按上面的政策可以领五十元的误工补助。"作者心中不禁又由悲转喜，误工有补助，以前可没有这样的好事啊！就在这种悲喜交替中我们看到了农村的新气象；在从严治党的推动下，党的基层组织的作风在改变；在惠民政策的春风吹拂下，农民在真正受益。

应该说，这两篇文章都沾上了文学的仙气，值得一读。

仙人下凡与凡人上天，谁更难呢？当然是后者。仙人下凡只要意念改变就能实现。而凡人上天则需要勇气和毅力，而且成功率还很低。这里不妨举一凡人之作，来说明这个问题。这篇文章叫做《熟悉的陌生人》，登在《三笔账》的同一版面上。作者是沪昆线上的施工员，应该是凡人一个。他一口气便写了四个人，其中有施工的、卖米的，还有卖粉的、送气的，可以说地气还是很足的。问题就出在表述和选材上。题目"熟悉的陌生人"本身就是矛盾的，陌生就是不熟悉，它们的意思正好相反，不可能同处一体。仔细揣摩，作者要表达的意思是：熟而不知其名的人。这就没有语病了，因为生活中不知名的熟人是有的。而这四个人中符合这一要求的只有卖米的和卖粉的。施工的之前既未见其人，也不知其名，只是住得近而已。至于送气的，不知其名是实，但以前只是见过，并不熟。所以这个题目只能管到四个人中的两个。再看四个人的材料，他们所表达的主题也是各不相同的：施工的表达了鸡犬之声相闻、老死不相往来的主题；卖米的表达了不见了才想起他的主题；卖粉的表达了我未记着他而他却记着我的主题；送气的则表达了不熟悉的人也在关心我的主题。材料的不一致，便导致文章没有一个统一的主题，变成了各吹各的号、各唱各的调的乱局。怎样来改变这个乱局呢？保留卖米的部分和最后一段，再将最后一段中与卖米的那部分不相配合的词语和句子加以改动或删除即可。这样不就成了一篇材料与观点统一的好文章了吗？堆砌是写作的大敌，割爱才是引领文章走向成功的向导。该文的作者在观察生活、思考生活、积累生活经验方面是做得不错的，文字功夫也较好，应该说是一根好的文学苗子。

该文所出现的瑕疵，只能说明登天是一条艰难的路。

那么仙人的下凡之作是不是就没有次品了呢？肯定是有的。但他们不是缺仙气，而是缺地气。他们下凡的力度还不够。其实《他》与《三笔账》的成功，与其说是得益于仙气，还不如说是得益于地气。因为他们经历了那样的事，因此借助仙气便写出来了。如果没有那样的经历，仙气再多也是写不出来的。

我期盼着在"百姓手记"的园地里长出一棵大树来，树上有仙人的奇花异果，也有凡人的青枝绿叶。它的名字就叫"百姓文学"。

给这株树播种的是谁？他就是童颜鹤发的天梯爷爷。

（原载《怀化日报》，2016 年 11 月 23 日，写于 2016 年 11 月 4 日）

马桶盖的荒唐与精彩

——读《不再到国外抢购马桶盖》有得

❦李鹊起❦

2015 年在日本，出现了中国游客抢购马桶盖这样不可思议的事件。这种马桶盖如果是日本生产的还情有可原，可它却是中国生产的。中国人不在国内买国产的马桶盖，却要舍近求远，到日本去买，这不能不说是荒唐之举。

是谁导演了这一荒唐的闹剧呢？人们大概会说：是这些旅日游客。这是他们崇洋媚外、愚笨的畸形产物，是他们自导自演的结果。但仔细想想，似乎又不是。在日本买的国产马桶盖比在国内买的质量好得多，他们精着呢，何来的愚笨？至于说他们崇洋媚外，那更是冤枉。他们到日本去，不买日本货，而坚持买中国货，真是长了自己的志气，灭了他人的威风，何来的崇洋媚外？

也许有人会说：是制造马桶盖的中国工人和技术人员，是他们技能低下，崇洋媚外。果真是这样的吗？答案是否定的。中国的马桶盖能打进日本市场，莫说是超过了日本马桶盖许多，起码也是旗鼓相当不分高下。怎么能说中国师傅技能低下呢？中国师傅让自己亲手制造的产品杀进国际市场，一展雄姿，你能说他们是崇洋媚外吗？

那么根子到底在哪里？根子就出在制定标准的人身上。他们对出口到国外的马桶盖采用的是高标准，而对在国内销售的马桶盖采用的却是低标准。日前，国家质检总局对国内 15 个省（市）45 家企业生产的 45 批次的智能马桶盖进行抽检，结果居然有 18 批次不合格，占比 40%。产品质量问题主要集中在耐热和耐燃不达标、安全水位技术不过关等方面。对于产品质量的不达标，该行业内的专家是这样解释的：耐热耐燃的要求不在智能坐便器国标里面，而是采用家用电器的标准。很显然，这里的国标是指内销产品的标准，如果是外销，这样的质量是出不了国的。你看，恰恰就在安全方面降低了标准。难道中国人的生命就不像外国人那样值钱？这不是愚笨又是什么？这不是崇洋媚外又是什么？不管这些制定标准的人主观有没有这样的想法，但客观上给人的印象就是这样的。

标准就像一根指挥棒，好的标准能够引领和驱动相关的行业和人群向好的方面发展，而有缺陷的标准就会把相关的行业和人群引入歧途。国家发展了，人们的生活水平提高了，人们想买档次较高的马桶盖，而我们的企业却仍按照已经过时的内销标准，生产档次较低的马桶盖。这样一来，想买的买不到，而要卖的却卖不出去。对于这种市场需求与供给的脱节，标准的制定者负有不可推卸的责任。

那么马桶盖的生产者是不是一点责任都没有了呢？也不能这么说。标准是死的，人是活的。既然人们的需求变了，你按外销的标准多生产一些高档的马桶盖，将企业救活，谁会说你错！要知道，产品卖不出去，工资发不出来，最后受到伤害的还是自己。

这里我想起了《吕氏春秋·察今》中的一个故事：楚国有个人坐船要渡过一条大河。一不小心，自己心爱的宝剑掉到水里去了。他赶忙在掉剑的船舷上刻下记号，口中念念有词：我的剑就是从这里掉下去的。船到了对岸，停下来了，他赶忙从掉剑的船舷处，跳入水中去找剑。这时船已经离掉剑的地方很远了，这样去找剑，能找到吗？按照过时的标准制造马桶盖，却在飞速发展高度国际化的今天去寻找市场，这跟楚人的刻舟求剑又有什么区别呢？

马桶盖事件弥漫出来的荒唐，让我不免为中国的制造业担心，有时甚至上升为忧心与揪心。但看了 2016 年 5 月 9 日《湖南日报》上的《不再到国外抢购马桶盖》一文后，我的心情骤然大变，由揪心变成了开心。这篇文章是湖南省委宣传部写的，体现了治国理政的新思想、新实践。文章指出，去国外抢购马桶盖的事件，折射出了我国经济发展的一个深层次问题——市场需求与供给脱节，从侧面证明我国当前大张旗鼓进行的供给侧结构性改革势在必行。接着文章谈到，按照习总书记的指示，省委、省政府将供给侧结构性改革当作一场硬仗来打，打出了一套组合拳："去粗取精"去产能；"旁敲侧击"去库存；"化险为夷"去杠杆；"多措并举"降成本；"扬长去短"补短板。从而为湖南经济发展创造新供给，释放新需求，打造新动力，让老百姓的日子越来越红火。你看，在马桶盖的启发与推促下，出现在我们眼前的，是一幅多么美好的图画啊！

反复地学习和体会这篇文章，我觉得我们党在处理马桶盖事件的过程中，显得相当的从容，表现出了极高的智慧。她就像一位仙人，仙杖一指，马桶盖所释放出来的重重迷雾，立刻烟消云散，玉宇澄清万里埃，天明地亮。更让人惊喜的是：马桶盖这个有些怪气、有些秽气、有些鬼气的妖魔，立地成佛，立刻变成了一个美丽又聪明的天使，而且还给我们指点迷津，开启心智，上起课来了。

她给我们上了一堂经济课。告诉我们：市场的船是一直向前运行的。我们的制造业不能犯刻舟求剑的错误，总认为船是停在原地不动的。"世易时移，变法宜矣。"两千多年前的老祖宗在《吕氏春秋·察今》中就是这样告诫我们的。因此，我们要不断地追赶船，甚至还要跑到前面去牵引船，给船添加动力，使其跑得更快更好……她让我们深刻地认识到正在进行的供给侧结构性改革，是何等的重要与及时！

她还给我们上了一堂政治课。提醒我们：在人类社会中，人是绝对的主角，在一切因素中，人是最关键的因素。不光是制造业要围绕人转，其他的各行各业都要围绕人转。而且人又是动态的，万事万物都是动态的，都像行进中的船，船的位置每时每刻都在变化。因此我们的工作，随时都要注意调整、改进，以适应新的情况……她让我们深刻地认识到党的以人为本、与时俱进的治国方针，是何等的英明与正确！

她还给我们上了一堂方法课。提醒我们：事物总是一分为二的，好中有坏，同样，坏中也有好，消极的东西也蕴含积极的因素。她还提醒我们，事物是可以转化的，好可以变坏，同样，坏也可以变好，有害的事物可以变成有益的事物，到时候也能释放正能量……她让我们深刻地认识到党一直坚守的唯物辩证法，是何等的具有活力与魅力！

《不再到国外抢购马桶盖》是一篇沾有仙气的奇文。它创造性地运用马克思主义理论来指挥和部署当前的经济建设。它将马桶盖的荒唐，演绎成了一张经济建设的美丽蓝图，演绎成了一堂深刻的党课。它化消极为积极，将马桶盖令人揪心的荒唐，演绎成让人开心的精彩！妙哉，斯文！

（原载《怀化日报》，2016 年 5 月 23 日，该文在"读书征文比赛"中，在市、校两级都获奖）

诗歌呼唤皓月

——读两首走红的诗有感

❦李祺璠❧

　　最近我读了两首在国内走红的诗，受到了一些启示，让我对诗歌存在的一些误区有了一个清醒的认识。

　　一首是农民诗人危勇写的《咏鸡》。该诗刻画了雄鸡在最黑暗的时候勇敢而又执着地追求光明的动人形象。全诗分四行，共18字："鸡，鸡，鸡，尖嘴对天啼。三更呼皓月，五鼓唤晨曦。"该诗节奏明快，音律和谐，语言通俗易懂。这首诗在第二届"农民文学"评奖中一举夺冠，获得奖金一万元，一时传为美谈。

　　另一首是二胡写的《山坡上的羊》。该诗描写了羊的勤劳、憨厚，不善言辞，但心灵却十分美好，有着对山村永远也说不清楚的爱。这首诗比前一首稍长一点，六行67字："羊羊羊，咩咩咩，满山坡的声音/呵痒了野花，笑眯眯地全开了/羊嘴把初春嚼得黏黏的/把天空都涂满了草汁/羊憨厚的嘴只会说咩/那是它们对村庄永远说不清楚的爱。"这首诗虽没有前一首那样音韵和谐，但节奏还是明快的。它的语言简洁传神，让人一目了然。这首诗曾在2015年12月2日中国诗歌网的"每日好诗"栏目中发出，并被《中国年度优秀诗歌·2015卷》收录，由新华出版社出版。

　　这两首短诗为什么能在读者、编者、评者的围追堵截中突出重围？为什么能在成千上万的诗歌中脱颖而出？我想是有其原因的。其中一个很重要的原因就是它们有很强的正能量。雄鸡"三更呼皓月，五鼓唤晨曦"，那种追求光明与美好的精神，不仅使我们想到了过去，在祖国遭受侵略者蹂躏的时候，我们的先烈奔走呼号与敌人作殊死斗争的情景，而且也让我们想到了现在和未来，当我们遇到困难和挫折时，也要坚决与之作斗争。羊对村庄永远说不清楚的爱，让我们想到了那些眷恋故土，把自己的一切都献给家乡的普通劳动者，还让我们想到了只顾埋头苦干，从不计较名利的默默无闻的奉献者。他们的心灵是多么美好啊！正是他们的付出，我们的社会才会稳定、和谐与进步。这两首诗引起了我们的共鸣，并且给予的联想的空间很大，让人在无形中便受到了精神方面的陶冶。现在有些人提出为写诗而写诗，为写物而写物，把诗的思想性完全丢到一边。这是一个非常有害的倾向。诗歌一旦没有灵魂，就会变得苍白无力，就会失去生命力。

另一个原因是，这两首诗有很鲜明的民族性，是比较地道的中国诗。前一首是仿照骆宾王《咏鹅》的格式写的，格律性很强。一、二、四句押韵，三、四句又是工整的对偶句，读起来朗朗上口。有人说它是《咏鹅》的山寨版，想贬低它的艺术成就。这是错误的想法。它仿照的仅仅是韵律方面的格式，这在诗歌写作中是允许并提倡的。所有的律诗都是按照同一韵律格式来写的，你能因此否定它们各自的创造性和艺术成就吗？其实，与《咏鹅》相比，《咏鸡》的格调要高昂得多，鸡的形象要高大得多。继承民族传统，往往要融进一些民族的韵律格式。后一首虽不像前一首那样讲究押韵和对偶，但里面写的内容却完全是民族化的。比如"呵笑"的"呵"字就是采用民间的一种逗笑方式：先将食指放到嘴边哈气，然后才将食指点向小孩某个易笑点以促使其发笑。羊的憨厚、善良、低调，也完全是按照中华民族的审美习惯来定位的。因此这只羊从里到外完全是中国式的。这让中国的读者感到亲切。有人抛开中国的文化传统，远离中国人的生活习性，去生搬硬套外国诗，那是吊不起中国读者的胃口的。

还有一个原因是，这两首诗都做到了大众化。它们所取的题材——鸡、羊，是大家熟悉的；它们由外到内、由实到虚的结构方式，大家也并不陌生；至于它们的语言更是通俗易懂。所以它们一出来，便被读者所接受、所喜爱。有人说，好的诗是让人看不懂的。

此言错矣。"无边落木萧萧下，不尽长江滚滚来""沉舟侧畔千帆过，病树前头万木春""不识庐山真面目，只缘身在此山中"……这些经典名句，难道有谁看不懂吗？愈是经典的诗句，愈是大众化。有人说，诗歌是讲究含蓄的，含蓄的东西一般人是看不懂的。诗歌要含蓄，此话不错。标语口号式的诗句自然不是好诗。但好的诗歌在沿途是设有路标的。因此一般人沿路标而上，也是能寻访到隐藏在深林中那一片秘境的。比如写羊的这首诗，第二行的"呵"字，第四行的"涂"字，第五行的"说"字，第六行的"爱"字，便是路标，它们说明这里明写羊，实写人。这样，这首诗便自然读懂了。衡量诗的标准是一个字：传。要传得广、传得久才是好诗，反之则是差诗。

在这两首诗的提醒下，同时也在积极推崇这两首诗的读者、编者、评者的提醒下，我深刻地认识到诗歌必须坚定不移地守住三条底线：一要坚守正能量这一底线不后撤。诗歌一定要激人向上，引人向善。二要坚守民族性这一底线不后撤。既要用我们民族的形式，也要写我们民族的内容。三要坚守大众化的底线不后撤。我们的诗既要让人民大众想看要看，又要让他们看得懂看得出味。只有坚守这三条底线，我们的诗歌才会如皓月当空，露出它冰清玉洁的真容！

可看当今的诗界，不免让人遗憾。有人玩弄文字，无病呻吟，不觉得问心有愧，反而心安理得。有人忘了祖宗，专吹洋人，也不以为耻，反以为荣。有人语言怪异，无人能懂，却不自己反省，反说读者无能。一时间，游戏化、洋鬼化、小众化的歪论都跑了出来，搞得诗界乌烟瘴气的。中国诗歌的真容，已难觅踪影。

雄鸡在呼唤皓月，我们的诗歌又何尝不是在呼唤还它冰清玉洁之真容的皓月呢？

（原载《怀化日报》，2017 年 2 月 10 日，写于就读中南林科大大三时）

育人有方

改革《怎样写总结》一课的教学实践

李鹊起

　　湖南省编高中语文教材中《怎样写总结》一课，我已经教过好几遍了。可是，由于以前只停留在课堂上"讲"，没有带领学生到社会实践中去"写"，"讲"和"写"脱节，理论和实践分离，因此，教学效果很不好。今年上学期讲授这一课时，我遵照毛主席关于"文科要把整个社会作为自己的工厂"的指示，实行学校小课堂和社会大课堂相结合，课文教学和作文教学统一，把这一课的教学放到社会的三大革命实践和学生的写作实践中去进行，收到了较好的教学效果。

　　我们公社的江口院大队第六生产队，在英明领袖华主席抓纲治国战略政策的指引下，为了用马列主义、毛泽东思想教育青少年，队委会将本队的学生组成一个校外红小兵战斗队，由生产队队长担任辅导员，给学生们上阶级斗争主课，开展批判"四人帮"的斗争，组织他们学政治、学文化，参加集体生产劳动，使青少年的精神面貌发生了很大的变化。我在教这一课时，便要求学生根据大队抓好校外教育的经验写一篇文章，来学习怎样写总结的基础知识和基本技能。

　　根据以往的教学实践，我认为学生学习写总结要攻破三道难关：一是材料关，就是"要了解运动的全过程"，掌握写总结所需要了解的有关各种材料。二是提炼关，就是将丰富的感性材料"加以去粗取精、去伪存真、由此及彼、由表及里"地改造制作，从中找出规律性的东西。三是表达关，就是如何将内容清楚、准确、有条有理有力地表达出来。

"怎样写总结"一课共分三个部分：第一部分讲的是总结的定义和写总结的指导思想，引用了毛主席关于了解情况的一段语录。第二部分讲的是写总结所要注意的几点：①要研究全过程；②要找出规律性的东西；③要有具体的典型事例；④要一分为二，实事求是；⑤要走群众路线。第三部分谈总结的分类和语言。我把这课的内容也按写总结的过程中所要解决的三个矛盾（即三关）概括成三句话：一要"了解运动的全过程"；二要"找出规律性的东西"；三要清楚、准确、有条有理有力。并用这三句话来归纳课文内容，结合调查研究和作文教学，有的放矢地讲解有关内容。这样就使课文教学既能指导学生的写作实践，又能使写作实践帮助理解课文内容，从而达到课文教学与作文教学紧密配合、互相促进的目的。

教学活动开始前，我首先布置学生预习课文，同时还把改革这课书的教学计划告诉他们。

　　教学活动开始后，围绕调查研究的有关问题，我着重讲解了"要了解运动的全过程"这一句的含义：从时间上来讲，包括开始、后来、现在几个阶段的情况。从六队的情况来讲，就要搞清楚红小兵战斗队成立前、成立后和现在这几个阶段的情况。从范围来讲，要搞清楚群众、领导等几个方面的情况；从六队的情况来讲，就要搞清楚队委会、红小兵、家长、群众等几方面的情况；从内容来讲，要了解"发生过一些什么矛盾和斗争，这些矛盾后来发生了什么变化，人们的认识有什么发展"；从六队的情况来讲，就要搞清楚战斗队成立后，出现过一些什么问题，这些问题是怎么解决的，人们的思想有什么进步。这样，学生既弄懂了"全过程"一词的含义，又基本上理解了课文中毛主席那段语录的内容；同时又明确了这次调查的内容，调查提纲也就出来了。接着我就扣住"了解"这个词来讲解。怎样去了解呢？根据课文三、四、五点内容，要收集典型事例、要实事求是、要走群众路线。这样，学生调查的态度和方法也就明确了，而且对课文的三、四、五点也就初步理解了。

　　其次是组织学生进行调查研究。这次出动的有两个班，因为人多，个别访问比较困难，我便以组织开好一个座谈会为主。为了使学生掌握全过程，我请了在六队蹲点的公社书记，六队队长、江口院大队的干部和老师的代表、六队的学生家长代表和七名学生，由他们从各个侧面介绍六队队委会抓学生校外教育的过程、方法和典型事例，从而使学生掌握了写总结所需要的有关材料，攻下了材料关。学生带回了大量的感性材料。接着就是进行分析研究，于是，我结合课文"找出规律性的东西"这一方面的内容，进一步开展教学活动。这些内容比较抽象，孤立地抠字眼很难使学生懂透，因此我便把它们分开在提炼材料的具体过程中讲。

　　调查结束后，我要学生思考六队抓校外教育的基本经验是什么。刚开始一些同学认为六队的基本经验是成立校外红小兵战斗队。理由是：成立战斗队以前，六队的学生表现不好；成立战斗队以后，各方面都进步了。这时我提了个问题："我社有的生产队，看到六队的校外教育搞得那样好，也跟着成立了红小兵战斗队，可是效果却不一样，这是为什么?"这一问，同学们又开始怀疑自己的结论，引起了进一步的思考。

为了使学生完成从感性到理性、从具体到抽象的飞跃，我引导学生学习了课文第一段中关于总结的定义："把实践中积累的感性材料条理化、系统化，上升为对客观事物规律性的认识，这就是总结。"按照总结这一属性，首先要把感性材料条理化、系统化，对大量的材料进行适当的归类。经过讨论，大家认为六队队委会抓学生校外教育有四点主要做法：①组织学生学习毛主席著作和英雄人物故事；②组织学生批判"四人帮"在青少年中散布的种种反动谬论；③进行阶级教育，开展忆苦思甜活动，激发学生学习革命文化的积极性；④组织学生利用早晨上学前和下午放学后的时间参加队里的集体生产劳动。把具体的东西条理化以后，我便要学生找这四点之间的内在联系和它们的共同点，将感性的东西上升为规律性的认识。通过分析，大家认识到这四条都是为了抵抗资产阶级思想的侵蚀，培养学生共产主义的思想品质。为了把这个思想用鲜明准确的语言表达出来，我引导学生学习课文的第一点和第二点，着重要学生领会第一点中的一句话的含义："写总结首先必须以路线为纲，以马列主义、毛泽东思想，研究事物发展的全过程。"经过反复学习和讨论，大家一致认为用"以阶级斗争为纲，用毛泽东思想育人"这两句话来概括六队的基本经验比较恰当。这样，学生就完成了从感性到理性、从具体到抽象的飞跃，攻下了写总结的最难的一关——提炼关。在课文教学方面也使学生明确了"找出规律性的东西"这句话的含义，实践这句话的具体做法，并且理解了总结的定义和其他有关内容。

我向学生指出："以阶级斗争为纲，用毛泽东思想育人"这两句话，既是六队的基本经验，也是这篇总结的中心思想，可以作为这篇总结的题目。

文章的主题确定后，我引导大家进一步学习课文中有关结构、材料、语言等方面的论述，并同大家一道编提纲，研究典型材料如何运用，回顾开调查会时所获得的大量生动的语言，还学习了一篇范文。然后学生才开始写作。

　　学生写完作文后，选了代表到六队，把自己的作文念给六队的干部群众听，征求他们的意见，进一步在社会的大课堂里受到了教育。同时我还鼓励学生将此次作文活动中出现的优秀作文向有关方面投稿，大力宣传这个典型。

　　这次教学活动收到了一定的效果。首先，学生调查、总结先进典型，受到了生动具体的政治思想教育；其次，六队的经验通过总结宣传，对于其他地区的校外教育起了一定的推动作用，这是教学直接为无产阶级政治服务的表现，因而引起了各方面的重视，公社党委给了很好的评价；再次，学生对课文理解比较深刻，知识学得扎实，并能用理论来指导实践，提高了分析问题和解决问题的能力，写作前进了一大步；最后，我同学生一道学习、调查、研究、分析，在思想上、业务上都得到了锻炼和提高，对今后语文教学改革也摸索了一些门路。这是按照辩证唯物论的认识论改革教学方针和方法的结果，我决心继续往这方向努力。

　　　　（原载《湖南教育》1977 年第 8 期，并有多家教育刊物转载）

进行角度教学　发展学生智力

李鹊起

近几年来我一直在有意识地进行角度教学，一方面注意向学生展示与文章有关的重要角度，另一方面又注意培养学生选取角度的能力。我反复向学生强调，写任何事物的角度都是无穷多的；每次上课都要向学生说明这篇课文是从什么角度来反映事物的，还有哪些角度，这篇课文为什么要选这个角度，而不选其他角度；每写一篇作文都要让学生明白，这篇作文可以从无穷多的角度来写，并要求学生从中选一个最好的角度。实践证明，角度教学对发展学生的智力是十分有益的。

首先，它能培养学生思维的广阔性。角度教学不仅要揭示文章反映某一事物的角度，而且要揭示与此有关的反映这一事物的其他众多的角度，这就使学生的思维由一点而想到无数的点，形成强烈的辐射状态。这样，学生的思路便无限广阔了。

其次，它能培养学生思维的深刻性。展示角度不仅能增加对事物的量的了解，而且能加深对事物的质的认识。因为多种侧面的展现，有利于对事物的整体概念的形成，有利于对事物的本质属性的认识。

再次，它能培养学生思维的准确性。把事物的整体和事物的局部混淆起来，把事物的这一侧面和那一侧面混淆起来，把这一事物同那一事物混淆起来，这是学生思维中常常出现的毛病，其结果是反映客观事物时容易导致粗略、模糊、不准确等结果。角度教学能帮助学生把事物的整体同局部，事物的这一侧面同那一侧面，这一事物同那一事物严格地区分开来，因此能培养学生思维的准确性。

角度教学在阅读教学中，能使学生准确地认识课文；在写作教学中，能使学生准确地反映客观事物。

最后，它能培养学生思维的新颖性。角度教学的主要目的就在一个"新"字上，角度教学的种种教法的落脚点就在一个"新"字上，因此能有效地培养学生思维的新颖性。在阅读教学中，角度教学主要是让学生体会作家选取角度的新颖与巧妙，从而受到启示。在写作教学中，角度教学的主要目的是让学生选取新颖的角度来写作文。展示多种角度的目的，并不是让学生将它们都写进作文，而是让学生有选择的余地。思维的新颖性就是思维的求异性，求异思维是进行创造性思维活动所必不可少的。由于我一直坚持进行角度教学，因此学生的作文思路开阔，立意新颖，个性鲜明，每次都能出现一些佳作。团中央曾在全国范围内举行以"中学生的一天"为题的征文竞赛，我班同学的作文，由于角度新颖，结构巧妙，有十余人在市、校获奖，有两人在省里获奖，有一人在全国获奖。

怎样进行角度教学呢？我常用的方法有六种：

（1）背景介绍法，即把文章没有揭示出来的有关侧面补充介绍出来，让学生对事物形成立体感。例如《岳阳楼记》，范仲淹采用那样一种角度来写，还有没有其他的角度呢？还有，如岳阳楼的修建历史、状貌、位置、诗赋，以及迁客与岳阳楼等，把这些介绍出来，有利于学生体会作者选角度的匠心，从而受益。

（2）结构剖析法，即将一篇文章的结构进行剖析，揭示它是怎样通过一些分角度来说明一个主要角度的。例如《一把打开知识宝库的钥匙——书目》，总的角度是给一些有一定文化知识而对书目不甚了解的人介绍书目知识，下面分三个小角度来谈，即书目的作用、分类、使用。这样一分析，文章的内部结构、大角度和小角度的情况便一目了然了。

（3）联系比较法，即将反映同一方面内容的文章联系起来进行比较。例如鲁迅的《孔乙己》《狂人日记》《祝福》等小说的主题都是反封建的，但它们的人物情节和具体内容又是多么的不同啊！通过对这些文章的比较，既能加深和扩展同学们对这一内容的认识，又能体会到作者选取角度的巧妙。

（4）写前提示法，即写作文前，教师提出一些可供学生选择的角度以打开其思路，如"一切为了改革"这个作文题目，我们可以在前面加两个字："张三一切为了改革"，学生就会立即想到，这个题目可以当作记叙文写。如果把"张三"改为"我们要"，那么学生立刻就会想到，可以当作议论文写。

（5）写后总结法，即作文评讲的时候，由教师将每个学生或一部分学生所选的角度介绍给全班同学。这既是多种角度的一次展览，又是巧取角度的一次检阅，有一箭双雕之妙。我批改那些需要选角度的作文时，都要把学生选的角度记下来，评讲时一一介绍给学生，学生听了很有兴趣、很开眼界。

（6）读写结合法，即讲课文时出一个与课文相同或相似的作文题要学生写，以写带读，以读促写，把读和写通过教学结合起来，使它们互相补充、互相促进。

（原载《语文教学与研究》1989年第5期，被评为当年该刊的优秀论文）

我的立体组合教学法

李鹊起

　　立体组合教学法是一种通过对语文教学的诸部分、诸方面、诸环节进行多侧面多层次的巧妙组合来提高语文教学效率的方法。它是根据语文教学本身的特点制定出来的。语文教学的本身就是立体性很强。多点多面性是它的突出特点。首先从教学目的来看，要培养听、说、读、写四种能力。其次从教学内容来看，一篇课文一个体系，整个中学阶段有三百多篇各自独立存在的课文；不同的课文合到一起又可以组成新的体系（单元）；基础知识语言、修辞、逻辑等又是各自独立存在的体系，立体感也是很强的。再从教学对象来看，一个学生一个样，对同一篇课文的阅读，不同的学生会有不同的感受；对同一个作文题的写作，不同的学生会写出不同的文章。其他如教学程序、教学要求等，无不具有立体性。语文教学可以说是无数纵横交错的系统的综合体。语文教学的这一特点就决定了语文教学的方法也必须带有立体性的特点。

　　立体组合教学法的理论基础是系统论。系统论是一种从系统思想出发，对事物进行系统分析和处理的科学，它着眼于各要素之间、要素与系统之间的关系，注意从整体上把握系统的功能和作用。我根据系统论的观点，把整个语文教学看成一项系统工程，并且把构成语文教学的各个部分、侧面、环节，看成一项下属的系统工程。教学的时候，我便注意对各个部分、侧面、环节，分层进行最佳组合，以提高教学效率。我着重抓了两个层次的组合，即宏观组合和微观组合。宏观组合又叫整体组合，即对语文教学的一些大的方面，如教学对象、教学内容、教学程序等进行综合性的最佳组合。微观组合，又叫分项组台，即对教学对象、教学内容、教学程序等项目的内部进行分项性的最佳组合。由于宏观与微观组合在教学中不是截然分开的，而是交错使用的，因此就形成了很强的立体感。进行立体组合教学的一个重要条件就是教师本身要形成很强的系统思维。

立体组合教学在充分发挥各个方面的优势和提高语文教学的效率方面，其作用是十分显著的。

第一，它能充分发挥学生的主体作用。立体组合教学是以学生的组合为支柱的，因此学生的组合贯穿于一切活动的始终。我将同学四个一组地组织起来，采用分工协作的方式来开展听、说、读、写活动。如课文教学，我将三十篇课文分到十三个语文小组（一个组两至三课），讲之前就要各组深入钻研好自己所分的课文。讲的时候就要负责该课的小组派出一个同学做中心发言，或者印点该课的资料。然后再由教师和其他同学做补充发言。在熔听、说、读、写于一炉的回环往复的多层面的立体组合中，学生始终是主角。由于发挥了学生的主体作用，学生的能力便得到了较好的培养，智力也得到了较大的发展。

第二，它能减轻师生的负担。用较少的时间和精力获得较大的收获，这是语文教学科学化力求实现的一个目标。立体组合教学能促成这个目标的实现。采用立体组合教学以后，就能较好地发挥群体和整体的优势，从而减轻个体和局部的负担。从前面所举的课文教学的组合就可以看出这一点。在复习课中也能减轻师生负担。比如要对中学的三百多篇课文进行时代与文体归类的话，是要费相当多的时间和精力的，可是我运用立体组合法，仅用了一个课时就轻巧地完成了。

第三，它能提高教学内容的密度。因为立体组合教学十分注意各个方面的巧妙配合，能最大限度地利用时间。比如复习语文知识的时候，我就上过这样一堂立体组合型的课：我要两个语文小组在课前就语言、修辞、逻辑、文字等方面的知识各出六十道题（每人出十五道题），每组及每人出题的范围都事先划死，使其互不重复。题目要求简短明确。上课的时候便由这两个组轮流主持进行抢答赛，由另外的十一个组抢答。每一道题公布后只等三秒钟，三秒钟后无人回答，便视为弃权，主赛者便公布正确答案。答对的加分，答错的扣分，既按小组排名次，又按个人排名次。因此同学的注意力高度集中，课堂气氛十分紧张。主赛的组各分二十分钟，剩下的五分钟由教师进行评比总结。短短的四十分钟内主赛的组提出了八十多个问题。我认为这是密度最大、利用率最高的一堂课。

第四，它能提高学生的思维强度。由于立体组合教学处处都是由学生唱主角、拿主意，教学的密度又大，再加上很重视程序组合，因此学生的思维强度大。这点从上面所举的例子中可以看出。

第五，它能面向全体学生。因为立体组合教学是每个同学都参加的，根本就没有被排除在外的学生，同时每个同学都有过硬的任务，这就使每个同学都能得到锻炼。同时既然是组合便能发挥群体的作用，好带差，差促好，为个体的提高创造了好的条件。

第六，它能扩展学生的知识。利用群体和整体的力量来帮助学生获取新的知识，也能提高其效率。我省曾举行中学生读书大奖赛，要参赛者读五十多本古今中外的名著，介绍其中十本书的内容，写一篇读书笔记与两篇读书方面的文章。这其中最难的一步就是找书和读书，有好些学校、班级和个人，就是因为这两点做不到，而无法参加这次比赛。我运用立体组合的方式较好地解决了这个问题。我把找书和读书的任务分配到个人，要每个同学分别找一至两本书，并重点读好所分的书，然后我便安排了两个课时，要每个同学都将自己所读的这本书（或两本书）向全班做一个简单的介绍，再要学生交换阅读。这样，我只用了不多的时间，就使得我班在竞赛中大获全胜。

立体组合教学的核心是寻找和运用最佳的组合形式。根据我的教学实践，下面的一些组合形式，效果是比较好的。

（1）协作式。协作式就是大家分工合作，共同来完成某项教学任务。协作式可分横向协作和纵向协作两种：横向协作就是将一个任务分成若干部分，要各语文小组（或个人）在同一时间里去完成，如作文的评改和小组选优就是用这种形式；纵向协作就是将一个任务分成若干阶段，要各语文小组（或个人）一个接一个地去完成，如轮流出黑板报和公布短诗，警句等，就是用这一形式。前面所举的例子，大部分都用到了协作式。

（2）交换式。交换式就是小组或者个人交换去完成某项工作。这种组合形式主要用于作文和练习的评改，在教学中是很顶用的。

（3）对立式。对立式就是将语文小组分成对立的两方，采用对立组合的形式去完成某项教学任务。上面举的语文知识竞赛就是用这种形式，还有组织学生进行辩论的课，也是用这种形式。

（4）比较式。比较式是采用比较的形式来进行组合，也分横向和纵向两种：横向比较主要用于教学内容的组合，如把几篇有某些相同点的课文组织到一起来教等；纵向比较主要用于程序组合。

（5）选拔式。选拔式就是采取分层淘汰的方式来从众多的对象中选取优秀者。我一般采取三级淘汰制的方式，即小组淘汰一次，推选出一名，再联组（由四个小组组成）淘汰一次，又推选出一名，这样全班就只剩下三至四人了，最后由核心小组淘汰掉其中的一人，并给剩下的人排定名次。选拔式主要用于作文的选优和中心发言人的评选。

（原载《语文教学与研究》1988 年第 6 期，被评为当年该刊的优秀论文）

高考作文命题的顺向制约与逆向制约

◈李鹊起◈

　　在高考作文命题中存在着顺向制约与逆向制约，认识这两种制约对高考作文的命题与备考是十分有益的。

　　所谓顺向制约，就是以高考的作文命题为施制的出发点，以有关方面为受制目标的一种制约。顺向制约主要在题目公布以后发挥作用。顺向制约的目标可分直接目标与间接目标两种。直接目标就是受作文题与评分标准直接制约的目标，如考生、评卷人员、录取新生的工作、考试科学等。这其中最直接的目标莫过于考生与评卷人员了。一道高考作文题出来，考生要绞尽脑汁将它写成文章，不能含糊，不能迟疑；紧接着评卷人员要严格按照评分标准的要求，给考生的作文评分。高考作文往往是为某些考生过录取关开了绿灯，而为某些考生却开了红灯。其本身就是对考试科学的一种丰富和发展。间接目标是指顺向制约作用于直接目标后，由直接目标扩散到的一些目标。如通过考生可以扩散到输送考生的家庭、学校以及与考生有来往的亲朋好友；通过评卷人员可以扩散到派出评卷人员的单位以及评卷人员的上下左右的一批人；通过录取新生这个环节可以扩散到招收新生的各级各类学校等等。总之高考作文命题的顺向制约可以发生广泛而又深远的社会影响。不仅能制约高校的新生素质，指挥中学的语文教学，影响年青一代的成长，而且能推动一种社会风气的形成。如考了《读"画蛋"有感》一文后，要打基础和练基本功之类的话便风靡一时；考了《先天下之忧而忧，后天下之乐而乐》的作文后，在公共车上都可以听到有人用这个题目来规劝身边的人。作文命题的顺向制约的广度、深度和强度是高考中任何一道题都无法比拟的。

所谓逆向制约，就是以有关方面为施制的出发点，以高考的作文命题为受制目标的一种制约。有作用力必有反作用力，有关方面在接受作文命题的顺向制约的同时，又反过来制约作文命题，这就形成了逆向制约。逆向制约主要在酝酿题目的过程中发挥作用。1980年关于画蛋的作文，开头取的材料是画竹，之所以舍弃画竹的材料，是因为北方的考生看不到竹子——北方无竹；1983年关于打井的作文，开头选的是一幅大风袭击公寓的漫画，这种公寓，农村考生不熟悉，因此后来舍弃了。这是考生对命题的逆向制约。1984年关于作文改革的作文，无审题难度，评分拉不开距离，评卷人员提出了意见，到1985年给《光明日报》编辑部的信，就大有改进，到1986年的命题《树木·森林·气候》就更好些了。这是评卷人员对命题的逆向制约。1985年是国际环境保护年，于是出现了以环保为内容的作文。这是时代潮流对命题的逆向制约。1979年的《陈伊玲的故事》，1982年的《先忧后乐》的作文，都是精神文明建设对命题的逆向制约。近年来高校反映新生高分低能，再加上近年来考试科学的发展，强调了智力与能力的测试，于是出现了1986年这样智能型的作文题。这是招生单位与考试科学对命题的逆向制约。逆向制约的主要形式是舆论。高考作文命题，从表面来看是命题小组几个人在考上百万的考生以及考生周围的上千万的"外围"人员，其实又何尝不是上百万、上千万的人在考命题小组几个人呢？

为什么在高考作文命题中会出现如此广阔而又深刻的顺向制约与逆向制约呢？这是因为作文题是高考所有的题目中社会性、综合性与迁移性最强的一道题。作为一篇作文当然要反映一定的社会问题或倾向，这就使它比其他的题目更能产生广泛的社会影响，同时也必然要受到许多社会因案的制约。作文既是内容与形式的统一体，又是思维与语言、知识与能力的统一体，它是许多因素的综合产物，所以牵涉的头绪必然多，牵涉的面必然广。作文题与其他题不同，它不可能有统一的答案。要让所有的考生都有话可说，就不能不接受考生的制约，在考生的制约中弃异求同，这就增加了命题的条条框框，使命题工作复杂化。

顺向制约与逆向制约的情况是多种多样的，但就其作用来说，无外乎正制约与负制约两种。正制约是促其强化的制约；负制约是促其弱化的制约。正制约与负制约往往是同时存在的，因为有所褒就必有所贬，有所抑就必有所扬。1977年的命题作文，对背作文迎考的现象是正制约，而对扎扎实实提高写作能力的做法则是负制约；1978年的缩写，对背作文迎考的现象是负制约，而对扎扎实实提高写作能力的做法则是正制约。高考作文命题的顺向制约就是利用正制约去倡导和扶持一些积极的东西；利用负制约去抑制和清除一些消极的东西；高考作文命题的逆向制约就是利用正制约去支持命题中好的因素，利用负制约去排除命题中不好的因素。

顺向制约与逆向制约的关系是一种对立统一的关系。它们对立的一面主要表现在其制约的方向与目标完全相反。考生总是希望猜到题，而命题者则千方百计要让考生猜不到题，要让考生考出实际水平。它们统一的一面主要表现在相互依存和相互转化上。1980年的时候，也许有的学校并不注意抓基本功，当考了《读"画蛋"有感》的作文后，这些学校的老师受到了触动，认识了自己的错误，转而抓基本功了。这是顺向制约转化成了逆向制约。1980年的作文命题中有个缺陷，就是所选的材料太常见了，致使有的学校猜到了题。对于这点，逆向制约中出现了负制约，到1981年的时候便有了明显的改进。1981年选用的材料是从一段比较冷僻的古文中翻译过来的。这样被考生猜中的可能性就极小了。这是逆向制约转化成了顺向制约。

认识了顺向制约与逆向制约的特点、作用以及它们相互之间的关系，我们就能了解高考作文命题的过程及其实质。高考作文命题的过程就是将逆向制约转化成顺向制约的过程，它的实质就是寻找各种逆向制约的交汇点。因此要出好高考作文题，第一步要熟悉各种各样的逆向制约；第二步就要对头绪繁多、内容杂乱的逆向制约进行筛选，选出其中最合理、最有价值、最有生命力的东西，加以集中；第三步就要在各种精化的逆向制约中寻找交汇点（即相容点），并在此点上构思题目。出好高考作文题的关键是了解各种逆向制约，并对它们进行深入的分析。

（原载《语文教学与研究》1987 年第 5 期，被评为当年该刊的优秀论文）

语文复习课要提高思维强度

❧李鹊起❧

　　无论是从上课的一般要求来说，还是从语文复习课的任务与特点来说，语文复习课都必须提高思维强度。所谓思维强度就是思维的强弱程度，课内思维强度的对象一般是指学生。

　　怎样来提高语文复习课的思维强度呢？根据我在实践中的体会，采用下列一些办法可以收到较好的效果。

　　（1）深化教学内容，即将复习的内容深化，不简单地复述学生已学过的知识，而是要学生对已学的知识进行深入的归纳、总结和挖掘。这样教学内容就会出现一定的难度，学生的思维就会紧张起来。难度加大，学生的认识就会达到新的高度。其具体做法是：①归类：要学生对已学的知识进行归类整理。归类有纵向和横向两种：纵向的如要学生将课文篇目按时代或朝代的先后归类整理等；横向的如要学生将课文篇目按体裁进行归类整理等。归类要对一大堆杂乱的知识进行分析、鉴别，找出它们的相同点或相异点，这就要进行紧张深入的思考。②辨析：要学生将一些有相近之处的字、词、句、段、篇，分辨清楚。字、词主要从音、形、义等方面去辨析，句、段、篇主要从结构、内涵等方面去辨析。相近的作家的风格、作家所处的时代和作品的体裁都可以进行辨析。辨析这种类型的题目在高考语文试题中用得最多，思维强度高。③深挖：要学生深入挖掘一些重点词句、题目、段落、篇章、人物等的深刻内涵。如鲁迅小说《药》的题目和阿Q这个人物的内涵就是十分丰富的。学生要把这些内涵都挖掘出来也是要下一番功夫的。④迁移：要学生将所学的知识用到有关方面去，也就是将知识进行"搬家"。这种"搬家"小到字词的仿用，大到文章的仿写都用得着。迁移的情况有两种：一种是将理论用到实践中去，如学了诗歌的朗诵方法后，立刻用这种方法去朗诵诗歌；另一种是将甲地的经验用到乙地去，前面说的仿用仿写就是这种情况。迁移是一种带有创造性的思维活动。还有采用引申、补充、扩展等方法，也能收到一定的效果。

（2）优化教学形式。即尽量选择能提高学生思维强度的上课形式。采用下面一些形式学生的思维强度是比较大的：①练习：出一题目要学生自己去解答，题目保持一定的难度，因此学生必须认真思考。为了把做题与看书结合起来，可以让学生翻书。②测试：要学生在规定的时间内做完一定数量的题目，既不准看书，也不准讨论，这样学生就只有动脑筋去想了。③提问：即上课时提出一些有一定难度但学生又能想得出的问题，让学生思考。这比老师一讲到底要好得多。问题可以由老师提出，也可以让学生提出。④速记：在规定的较短时间里（几分钟或十几分钟）要学生背下某知识要点或段落。因时间短，同时马上就要检查，因此学生是很紧张的。

（3）强化教学对象。即在复习的过程中让学生的主体作用能进一步加强，使其表现较高的力度。具体做法是：①组合：将学生四个一组地组织起来，每组选出组长，全班成立一个核心小组负责协调领导全班的语文小组。这样全班便不是一盘散沙，而是一个有组织的系统，上课时一项任务布置下去，很快就能到组织到个人，每个同学都会立即作出有力的反应。②协作：要学生分工去完成某项复习任务。例如课文篇目按朝代归类，可以要一个语文小组负责一个或几个朝代，这样在很短的时间就能完成这项费时费力的工作。③竞赛：可以指定一两个语文小组出题和主赛，其余的语文小组抢答。主赛的比主赛水平的高低，抢答的比抢答分数的高低，由于题目多、时间短、竞争性强，因此课堂气氛很紧张。④交换：要各语文小组交换评改作业。使学生不但会做题，而且会评题。交换评改作业，既可以把学生的积极性调动起来，又可以减轻老师的负担。

近几年来，我一直负责高三的语文教学，每年都有大量的复习课要上，由于在复习的过程中，我注意了思维强度的提高，因此，学生的能力得到了较好的培养，智力得到了较大的发展，在高考中取得了较好成绩。

（原载《语文教学与研究》1991 年第 4 期）

语文教学的结构功能

◆李鹊起◆

语文教学的结构功能指的是对语文教学诸构件进行排列、联结、渗透而形成一定的结构后所产生的功能。

这种功能对于语文教学来说至关重要，每个语文教师都应该深入认识并积极开发这种功能。这种功能是维系语文教学生命的一种功能。语文教学的构件有大纲、教材、教师、学生、场地、设备等。这些构件单独存在的时候，是构不成语文教学这一特定事物的。只有按照一定的规律将这些构件连成一个整体的时候，语文教学这一特定事物才会出现。可以说，没有这种功能也就没有语文教学这一特定的事物。

这种功能也是决定语文教学质量的一种功能。它的本质就是育人，这也正是语文教学的质之所在。将语文教学诸构件连成一个整体的目的就是向学生进行语文学科所涵盖的思想、知识、能力等方面的教育与培养。而体现这种学科性的教育与培养的正是这种结构功能。没有这种功能，语文教学将失去存在的价值。这种功能不仅决定着效益的质，还决定着效益的量。只有结构功能强，语文教学的效益才会大。也就是说结构值的大小决定着语文教学效益的高低。从这里可以看出，提高语文教学的质量的实质就是提高语文教学的结构功能值。

这种功能还是左右语文教学改革的一种功能。由于这种功能决定着语文教学的质量，而语文教学改革的目的就是提高语文教学质量，因此能否取得高值的结构功能就决定着改革的成败。

这种功能具有下面一些特点：

（1）整体性。它不是语文教学某一构件，或某部分构件的功能，而是所有的构件合成一个整体后产生的功能。要获取这种功能必须对构件进行全方位的覆盖。由于它的整体性，它的功能值较之于构件来说，就可能出现一个大的飞跃，产生高质高量。

（2）复杂性。语文教学的构件就那么几大块，看来很简单，可实际上是很复杂的，因为每一构件都有丰富的内涵。就拿教材来说，一册教材几十万字，一个字就是一个信息点，对它的不同处理就会使结构发生变化。再拿学生来说，一个年级的学生，全国总计有数百万，他们每个人的心态是不同的，而且同一个人在不同的时间、地点，心态又是不同的。再拿教师来说，全国也有上百万，他们各自的情况也是不同的。不同的学生、不同的教师，走进语文教学的课堂，都会使教学的结构发生变化。构件的复杂必然导致结构的复杂。这为语文教学带来了难度，但也为语文教学提供了丰富的矿藏和广阔的空间，使语文教师大有用武之地。

（3）可变性。语文教学的结构功能的值不是一成不变的，它会因人、因事、因时、因地而变。它会在高低强弱大小的图像中，不断地跳动。造成这种变动的原因，除了构件的复杂外，还有一个因素，就是语文教学的结构是动态的。不仅它的结构是动态的，而且它的构件也是动态的。由于是双重的动态组合，因此这种功能就始终处于变化之中。慵懒的语文教师的这种功能的值，常常在低谷中徘徊，只有那些事业心强、有开拓进取精神的语文教师的这种功能的值，才会向高峰攀升。从因人而异这点来看，这种功能的获取，是带有很强的主观色彩的。

从结构功能的重要性与特点来看，要开发语文教学的结构功能是有必要也有可能的。所谓开发，就是提高它的功能值。那么怎样来提高它的功能值呢？提高它的功能值的关键就是要提高语文教学的结构的质量。我们可以从下面几方面去做：

（1）优化构件。构件是结构的物质基础。要使结构的质量高，构件的质量一定要好。从语文教学来讲，大纲要简明科学，导向性要好、要强；教材的文章要美，内容要科学，体系要严谨，要便于操作；教师的知识要广，水平要高，能力要强；学生接受教育的心理条件和知识条件要具备；必要的教学设施要到位。大纲、教材、学生、场地、设备，这些对于教师来说都是客体，对于它们的优化，教师不能起太多太大的作用而只能提出一些意见，让有关部门采取一些措施，加以改进。但对有些客体性构件的优化，教师还是能够起到一定的作用的。如教材，教师可以通过删减、增补、调序等措施，使其更适合教情与学情。对于学生，教师也可以通过自己的努力来改变他们的一些现状，如培养他们的学习兴趣和好的学习习惯，给差生做个别辅导，使班上同学的程度趋于一致等。教师可直接控制的是自己，自己一定要加强学习，刻苦钻研，不断提高思想水平和业务水平，使自己在语文教学这台戏中，成为最佳的编剧和导演。

（2）巧化排列。排列就是将构件进行摆布。这是形成结构十分关键的一步。要想获得高值的结构功能，排列时就要在巧字上下功夫。语文教学构件的排列，要怎样才算巧呢？符合语文教学规律的就算巧，能达到低耗高效目的的就算巧。巧化排列要从三个方面去着手：一是空间上的定位。构件在结构的空间里所处的地位要确定好。钱梦龙的"学生为主体，教师为主导，训练为主线"的观点是语文界公认的较好的定位观。它既摆正了教、学、练三者的位置，又将它们有机地联系成了一个整体。二是时间上的定序。操作的步骤要确定好。魏书生的"定向—自学—讨论—答疑—自测—自结"的六步教学法，突出了学生的主体地位，省时省力，学生学得愉快，教师教得轻松，教学效果极佳。它是定序巧的一例。三是内容上的定量。每一单位时间讲什么，讲多少，要确定好。陆继椿在确定每篇课文的训练点时，提出了"一课一得，得得相联"的观点，在确定每个训练点的训练步骤时，提出了"自学钻研""进点落实""模仿创造"的三步观，他的这些观点，经实践证明是行之有效的。这是定量巧的一例。在定位、定序、定量这三个方面，每个教师都要发挥自己的聪明才智，制订出适合自己的最佳方案。

（3）强化联结。将构件排列好了之后，结构的形状便出来了。

但构件之间如果联结得不稳，这种结构就不能成为一个牢固的整体，随时可能会散架。要强化这种联结必须加大力度，使这种联结能深入构件的核心部位。也就是说，教师对学生的教，要激活学生的思维，调动学生的潜能；学生向教师学，向教材学，要学那些在语言覆盖下的深刻的本质的东西。这样，他们之间的联结才是强有力的，智慧的火花才会迸射出来。同时，构件之间的联结还必须是全方位的。也就是说所有的构件之间都必须有直接联系和间接联系。大纲可以直接教育学生，也可以间接地通过教材、设备、教师来教育学生；教师可以直接教育学生，也可以间接地通过大纲、教材、设备来教育学生；学生可以直接向教师、大纲、教材、设备学，也可以间接地通过教师来学习大纲、教材、设备中的知识。具体可用下面的图展示出来。同时各构件之间还要互相渗透、溶化。这就是说，教师必须高度熟悉大纲、教材、设备和学生，学生也必须高度熟悉大纲、教材、设备和教师。这样教和学才会得心应手，各构件之间才会连接得浑然一体。于漪在了解学生方面有一套完整而有效的方法，并建立学生的学习档案，进行深入研究，学生的情况完全融入了她的脑海，因此她上课时与学生配合默契，效果倍增。

（4）扩大空间。首先要扩大学生的知识空间。古今中外，天文地理，都要引导学生去涉猎。课文的内容是无所不包的，它的空间本来就很大，要充分利用这一有利条件。教师要掌握广博的知识，这样才能当好知识园林中的导游。还要扩大能力空间。听说读写四种能力，不能厚此薄彼，要全面提高，教师要给学生提出提高能力的要求，提供磨炼能力的机会，并作出正确的指导。还要扩大课堂的空间。要将语文的课堂向其他学科的课堂延伸。要告诉学生，在其他学科的课堂里也可以学语文，因为它们也可以训练阅读和表达。还要将语文课堂向课外阅读延伸，向课外欣赏影视作品的活动延伸。学生课外所看的文学作品和影视作品，都是学习语文的好教材。还要将语文课堂向学生的生活延伸。生活中随时都要交流思想，是学习语文最广阔、最实际、最有效的课堂。以上延伸可以通过提出任务、布置作业、设计试题等方式来促使其实现。比如，可以布置学生写课外作品的读后感、观后感或评论，可以将介绍其他学科内容的文章作为试题中的阅读材料来考学生，可以要学生介绍在生活中学语文的收获体会。这样可以提高学生在语文课堂以外的场所学语文的自觉性与积极性。目前在语文界进行的课内外衔接的实验，就是为了扩大语文教学的结构空间。

（5）统一目标。有了目标才会有动力，统一了目标才会形成合力。统一目标可从纵向和横向两个方面去做。纵向的方面是指在完成一个教学任务的过程中，每一个环节都要对准同一个目标。这样才会一步步接近目标。如果第一步对着目标，第二步背着目标，那么第一步前进的距离就会被第二步抵消掉。这就是说，教师在讲授新课时，一开始就要提出明确的目标，接着在指导学生学习课文时要对准目标，再后来在复习巩固、练习检测时也要扣紧目标。这样才能形成纵向的合力。横向的方面是指教师和学生要统一目标，学生中的每一个个体要统一目标。教师和学生的目标不统一，学生不跟教师走，目标是无法实现的。学生中目标不统一，有的跟教师走，有的不跟教师走，并干扰跟教师走的学生，目标也是无法实现的。只有教师和全体学生的目标都统一了，横向的合力才会形成。语文界现在所进行的目标教学就是利用目标的动力和合力来提高语文教学的效率。

（原载《语文教学与研究》1999 年第 8 期）

写日记的两个极端

李鹊起

　　写日记之风目前正在校园里刮起。语文老师雷厉风行地要学生写，家长们苦口婆心地要自己的孩子写，有的孩子从学前班就开始写日记。几乎在每个学生的抽屉里都可以找到一个日记本。声势虽大，但在学生身上收到的效果却并不大。翻开学生的日记本看，你就会发现，能有始有终坚持下去，把写日记当成一种乐事，养成习惯的，实在是凤毛麟角。多数是写一段时间便停下了，或是三天打鱼，两天晒网。为什么会出现这种情况呢？主要是由于同学们写日记时存在两个极端：一个是认为写日记非常难，每写一篇日记都觉得很费劲，写了一段时间后，吃不了这个苦，便放弃了。另一个是认为写日记很容易，随便写几个字便可以对付过去。但这样做，写和不写是没有多大区别的，于是写了不久也就停笔了。

　　为什么会觉得日记难写呢？这其中有两个原因：一是对日记的定位太高，内容和形式都要求完美。这样的日记自己写不出，于是便到处找文章抄。靠抄来支撑日记，当然是兔子尾巴——长不了。二是挖空心思造假。认为日记必须写自己做好事，而好事又没有那么多，于是便编造。今天拾金不昧，明天引盲人过马路，到后来拾无可拾，引无可引，只好停笔。

　　要纠正这个极端，就必须坚持实事求是的态度。首先要量力而行，根据自己的实际水平，能写出怎样的日记就写怎样的日记，绝不抄袭。其次要写自己的生活，要写真实的自我。日记不写自我，那是对日记本义的背叛。有的同学说，每天都是老一套——上课、看书、走路、吃饭，没有什么新东西可写。这是从表面看，如果你深入里面的内容，就会发现每天都有很多新东西。就以上课而论，每天有好几门课，每门课的内容都是新鲜的。这些新鲜的内容，都会在你的心海里激起一朵朵浪花。即使天天写上课，都可以写出不同的内容来。也有同学说：我们接触面太窄，每天都是家庭—学校，或寝室—教室，无法反映国家、社会的发展轨迹。这种看法也是片面的。由于现代科学的发达，同学们每天都处在信息的旋涡中，可以思接千载，视通万里，完全可以在日记中反映国家和社会的发展情况。就以李祺璠小朋友的《洪水无情》来看，他通过接电话、看电视、听大人聊天和自己实地观看，就从多个侧面反映了怀化"7·19"这场特大洪灾。

为什么会觉得写日记很容易呢？这是由于对日记的定位太低。这是对当天的生活缺乏起码的分析综合和取舍。今天写吃包子，明天写吃馒头，后天写吃面条，这样机械运动式的日记当然容易写。但写了又有什么意思呢？写来写去，自觉无趣，于是便停止了。

要纠正这一极端，就要在写日记的各个环节中开动脑筋，尽量提高日记的品位。首先在选材时要动脑筋。同中求异，旧中求新，大中求小。要选取那些新颖的有价值的材料来写。其次在立意方面要动脑筋。要使所有的材料都围绕一个中心。有了中心才有灵魂，才能给读者以较深的印象。再次在结构方面要动脑筋。必须做到脉络清楚，衔接紧密，前后照应，中心明确。如《洪水无情》，就是按时间先后叙写，先写洪水的凶猛，后写洪水的破坏性，突出了"无情"这个中心，结构是安排得比较好的。还有在语言方面也要动脑筋。要尽量使语言通顺、准确、生动。像《洪水无情》中的"桥下的水就像一群猛兽，在恶狠狠地往前扑去，好像谁挡住它们的去路就要把谁吃掉"一句，就是很传神的。如果你在以上几方面都动了脑筋，就不会感到写日记很容易了，也不会感到写日记是白费力气了。

（原载《怀化广播电视》，2004 年 8 月 23 日）

诀　窍

◆李祺琦◆

　　我读小学四年级时便迷上了童话。每天都疯看各种各样的童话书。有一天心血来潮，我写了一篇记叙太空童话大赛的文章，说我被天使之星请去参加了这场比赛，取得了可喜的成绩。写完后我自然非常得意，兴冲冲地拿去给爷爷看，结果却遭到了"冷遇"。爷爷说："你这场太空童话大赛只不过是换了个比赛地点。新瓶装旧酒，不新鲜。"听此评价我犹如被霜打了的茄子，蔫不拉叽。爷爷看我这样，又耐心地开导我："在赛场比赛时，你可设计好内容，你是炎黄子孙，应宣扬中华文化的博大精深。"正巧那时我看了科幻电影《阿凡达》和国产故事片《孔子》，我的脑子一下子开窍了，决定来个"文中文"的模式，写阿凡达大战孔子的汉字兵团，结果被打败。战败后阿凡达接受了中华文化的教化，一改以往的暴戾，决定拜孔子为师。修改后的文章因彰显了中华文化在宇宙中的无穷魅力，因而品位大升，后被多个报刊登出。这篇文章的题目叫"拜师"。

　　此后我对写科幻故事上了瘾，初三时又写了篇科幻文章。大意是讲未来的地球在一场核灾难后人们迁居至其他星球。若干年后派情报员查看地球现状，却无功而返。爷爷看过后指出了我新作的最大不足——它依旧长着一张无特色的"大众脸"！爷爷告诉我，核灾难是一个科技问题，仅写核灾难没有思想深度。爷爷提醒我可以把当今世界的国际博弈写进去。经过爷爷的指点，我在文中加进了 R 国是导致核灾难的元凶，以表达反核战、反侵略的主题。该文因鞭挞了想称霸世界的侵略者，因而针对性和战斗力大为提高，读者看后都感到很痛快，多个报刊用显著的位置刊出了此文。

初三毕业后我和一帮同学利用暑假去了内蒙古玩。蓝天白云，大片的绿野，多美啊。回来后我就写了篇关于这次旅游的文章。没想到它又被爷爷"打回重造"了。原因同它之前的两个不顺的兄弟一样，没有特点。这次爷爷叫我先自己改一遍。我查了很多资料，并且将成吉思汗这一草原英雄作为文章主线来写。但是写来写去，我还是觉得不够满意。因为成吉思汗的武功在中国已家喻户晓，人们已不感到新鲜了。我正在苦闷时，爷爷的一句话提醒了我：可写成吉思汗的强国梦！这真是一个好主意。这一角度似乎还没有人写过，而且又与习主席的中国梦相吻合，真是太妙了！我高兴地依照这个思路完成了修改。虽然过程比较艰辛，但看见自己的文章在显著的位置被刊登出来还是很有成就感的。这篇文章就是2016年1月25日发表在《怀化日报》副刊上的《天骄梦》。

我在写作方面能得到一些进步，取得一点小小的成绩，跟爷爷的指导是分不开的。当我感到山穷水尽时，爷爷简简单单的一句话便让我的眼前出现了柳暗花明的美景。爷爷的一个叫高勇的学生看了爷爷的《"则"重如山》的文章后发出了"四两拨千斤"的赞叹！我想用"四两拨千斤"来形容爷爷对学生的教导也是十分恰当的。

爷爷在辅导我的作文时，一再地告诫我：作文要有亮点。有了亮点文章才会闪闪发光，才会吸引读者。爷爷解释说："所谓亮点是由新颖性、思想性、艺术性三者共同打造而成的。"我牢牢地记住了爷爷的这一教导。

2016年暑假，爷爷收到了一条短信。爷爷将短信给我看："谢谢李老师。我是英语专业。谢谢你考前亲切地帮我辅导语文和告诉我考试诀窍，因为有你的帮助，我才能考入人大。也希望我的书能够给妹妹帮上一点忙。"最后一句是说给我听的，所以爷爷收到后便给我看了。发这个短信的人叫罗怡，是我的学姐，比我高两个年级。因为在高考前，爷爷给她做了三次辅导，所以她对爷爷心存感激。我立即给罗怡姐发了短信，对她考上中国人民大学表示祝贺，也对她送的书表示感谢。

之后，罗怡姐的这条短信便一直在我的脑海里萦绕。特别是

"诀窍"两字总是不断地引起我的思考。爷爷有诀窍，为什么我却一点都感觉不到呢？诀窍又是什么呢？想来想去，我觉得"亮点"一说应是诀窍。因为写文章有了亮点才能征服评卷老师，多得分；读文章读出了亮点，读懂了关键也能多得分。可是当我把这一想法跟爷爷交流时，爷爷却有不同看法。

爷爷认为教育学生的诀窍是一把钥匙开一把锁，具体情况具体对待。对爷爷的这一观点，刚开始我觉得不能接受，但后来经过深入的思考后，觉得还是有道理的。就以做文章来说，《拜师》与《天骄梦》就各有各的路，不能使用同一写法。怪不得我每拿一篇作文给爷爷看时，他不是立即就给我一个说法，而是要经过一段时间后才跟我谈看法。原来他要先研究这把锁如何打开。爷爷在给罗怡姐进行辅导前，先要了她的一些考卷和作文，在进行了半个多月的研究，并写出了几千字的讲稿后，才去辅导的。这样自然也就会让罗怡姐大有收获。

爷爷在中学教语文 50 余年，非常关注学生个体。每批改一次作文和试卷，都要分人登记有关情况，因此他讲评时能具体到每个人。就拿高勇来说，他读高中的时间是 1984—1987 年，尽管 30 多年过去了，但他写作文的一些特点爷爷至今还有印象。当时团中央在全国举行《中学生的一天》的征文比赛，他写的是故事大王来我校讲故事的情景，因为爷爷给他进行了指点，因此写得十分感人，获得了一等奖，并在《中学生》上发表了出来。

工作要落实到人，教师的工作量就会大量增加，也会劳累得多。一个一个地收集情况要花时间，一个一个地找钥匙更要花时间。要将 20 多年参加省里高考阅卷的体会总结出来以帮助罗怡姐提高成绩，更是费时费力。因此没有巨大的精神力量支撑是做不到这一点的。爷爷的精神力量就是来自对学生的发自内心的爱。爷爷说，学生是教师生命的一部分，教师的生命是通过学生来延伸的。正是因为有这样的理念，爷爷虽然年过八旬，但辅导学生仍然尽心尽力，毫不敷衍。所以我要说，爷爷育人的诀窍后面还有一个诀窍，那就是爱心。

[写于就读怀化市三中高二（7）班时]